Henndorfer Pastorale

6. Auflage 1989

 · Druck und Bindung Welsermühl, Wels · Printed in Austria
ISBN 3-7017-0586-0

Henndorfer Pastorale

erzählt
von
CARL ZUCKMAYER

Zeichnungen
Clemens Holzmeister

Residenz Verlag

I

Es war der 24. Juli 1970, 3 Uhr nachmittags, und es war der heißeste Tag eines heißen Sommers. Regloser Sonnenglast, von keinem Lufthauch gemildert, auf dem Parkplatz vor dem Salzburger Neutor und der Pferdeschwemme, wie auf einem Parkplatz in Rom, Neapel oder Marokko. Nur daß es dort vielleicht noch etwas heißer war, aber das änderte nichts für Salzburg. Der schwarze Mercedes, der zur Abholung vorgefahren war, glühte wie das Blech eines Backofens bei Maximalgraden. Die Brote, die hinein sollten, waren wir.
Wir kamen aus den kühlen Gewölben des Gasthofs ‚Zum goldenen Hirschen', und versuchten uns zur Begrüßung in den winzigen Schattenwinkel zusammenzudrängen, den der Dachgiebel aufs Straßenpflaster warf. Doch begann man auch hier sofort ohne Bewegung zu schwitzen, als schaufle man Kohlen auf einem alten Kesseldampfer im Roten Meer. Gleichzeitig aber waren Glut und Hitze ganz klein geworden, gleichgültig, unerheblich, vor dem Quell von Frohsinn und Heiterkeit, den man wie einen Springbrunnen in sich aufsteigen fühlte: da steht

der ‚Cenz‘, als Vertreter der Henndorfer Prangerschützen zum Salut angetreten, – Greisberger Vincenz, – in der dunkelgrauen Landestracht, mit allen Abzeichen des Schützenmeisters. Damals, – das heißt vor 38 Jahren –, als wir die Henndorfer Schützenfahne stifteten und meine Frau die ‚Fahnenmutter‘ war, – da war der Cenz auch schon dabei, als einer der Jüngsten in der Stutzenmannschaft. Er hatte sich seitdem, so schien es mir, kaum verändert, (und so war es mir immer erschienen, wenn ich in der Zwischenzeit einen Henndorfer wiedergesehen hatte, so als sei nur ich älter geworden und die Erinnerung gleich jung geblieben), – höchstens hatte sich sein gutes, helläugiges Bauerngesicht, in dem sich beim Lachen gern die Zähne entblößten, ein wenig verharscht und verkantet. Klein von Statur, doch mit festem, ebenmäßigem Körperbau, wurde er überragt und gleichsam überhöht von dem mächtigen Hutschmuck aus schwarzgrünlich schillernden Hahnenfedern. Die Hand lag zum Gruß am Hutrand und streckte sich dann aus, Augen und Zähne lachten.

In seinem Amt als Schützenoberst war er der Nachfolger unseres liebsten Henndorfers, des

Maurermeisters und Totengräbers Josef Eder, von allen Einheimischen der ‚Dodey', (das heißt: „das Tödchen"), genannt, der mit seiner Frau Justina viele Jahre lang unsere Wiesmühl betreut hatte, und von dem ich damals immer hoffte, er werde mich überleben, obwohl er älter war, und mich auch einmal eingraben. Dazu kam es nicht, aber für uns waren er und die Justina lebendig geblieben, als Sinngestalten jener Treue, welche in ‚friedlichen' Zeiten die schlichte Farbe des nachbarlich Selbstverständlichen trägt, aber in den Unzeiten der Verfinsterung und Bedrängnis eine wunderbare Leuchtkraft gewinnt.

Ihn und die Ederin hatten wir in der Zwischenzeit, – den letzten 25 Jahren, – viele Male wiedergesehen, auch den Cenz und die anderen, denn dies war beileibe nicht, wie berichtet wurde, mein ‚erster Besuch' in Henndorf, seit wir es unfreiwillig verlassen mußten. Doch liegt es in der Natur der Sache, daß die Berichterstatter, in Henndorf und Salzburg nicht anders als in New York oder Moskau, die propagandistisch wirksamere Version vorziehen ...

Mein ‚erstes Wiedersehen' mit Henndorf, mit der Landschaft, mit den Freunden, mit unserer alten Wiesmühl, vollzog sich sehr still und leise, –

es war im trüben Nachkriegswinter 1946/47, – als ich zum ersten Mal die damals sehr schwierige Gelegenheit erhielt, die Heimatländer, Deutschland und Österreich, zu besuchen. Damals war nicht die Stunde, – und gab es auch nicht die Mittel, – zum Festefeiern, alles lag noch unter dem Frostnebel der Not. Man umarmte sich, und man mußte sehr tapfer sein, um nicht zu weinen, – oder aber, wenn man ein so unbefangenes, unverfälschtes Gemüt hatte, wie die Eders, Josef und Justina, dann tat man es und schämte sich nicht der Tränen. Dann, in den späteren Jahren, waren wir oft noch heiter und froh beisammen, ich hatte die Nachbarn, die guten Bekannten, die Seitners, Gschaiders, Höllhubers, Riedermüllers besucht, und die kaum gealterte, noble Frau Maria, Witwe des unvergeßlichen Sängers Richard Mayr, auch unseren lieben Freund Gustav Kapsreiter in der früheren Gartenvilla Carl Mayrs, ich war meine alten Wege wieder gegangen, von der Hub, – die heute von neuen Freunden, der Familie von Honsig, bewohnt und bewirtschaftet wird, – bis zum dichtwaldigen Zifankenberg hinauf, ich hatte am Grab Josef Eders gestanden, in dem jetzt die Ederin, die prächtige Just, neben ihm liegt. Doch war es in all den Jahren nie zu dem gekommen, was man einen ‚festlichen Besuch' nennt, bisher hätten wir so etwas eher gescheut, noch war die Erinnerung zu wach und unvernarbt, an jene verflogenen, im Zeitstrom verrauschten ‚Henndorfer Feste', die unwiederholbar schienen, so wie wir sie in Zeiten, die – wie alle Zeiten – unwiederbringlich sind, in Gemeinschaft mit dem ganzen Dorf gefeiert hatten.

Jetzt aber hatte uns das ‚ganze Dorf', nämlich der Bürgermeister Hans Esterer und der Gemeinderat gemeinsam mit den Henndorfer Prangerschützen, mit denen wir uns immer verbunden und geradezu verwandt fühlten, zu einem feierlichen Empfang eingeladen, und wir wußten, das war mehr als eine offizielle Geste oder eine Veteranenehrung, das kam aus unverstellter Natur, und das wird ein Naturereignis.

Es wird ein toller Tag werden, wir sind alle sehr aufgeregt, und schon sind wir in den schwarzen Mercedes verladen, den ein anderer Henndorfer, namens Ebner, führt, – ein Ziehsohn der ‚Jaglbäuerin', welche damals das Trauerband für die Schützenfahne gestiftet hatte, und die uns nicht nur ihres beträchtlichen Leibesumfangs, der sie am schwungvollen Tanz nicht hinderte, sondern ihres gutlaunigen, freundlichen Wesens halber in bestem Gedächtnis ist, – denn das Gedächtnis ist eine Schwebebrücke, über Lebenszeiten hinweg, die nicht einstürzen kann.

Mit uns im Wagen sind unsere amerikanische Enkelin, Elisabeth, 19jährig, ein hochgewachsenes hübsches Mädchen mit dunklen Haaren, die als unser Sommergast zum ersten Mal in Europa, Salzburg, Henndorf war, voll wacher, empfangsbereiter Aufgeschlossenheit, und auf die alles, was sie an diesem Tag erlebte, so neu und exotisch gewirkt haben muß, als wohne sie der Fantasia eines urtümlichen Beduinenstammes bei. Sie verstand noch kaum etwas deutsch, geschweige denn henndorferisch, aber wir hatten sie auf die Hauptsätze, die sie dort hören würde, vorbereitet, nämlich: „I bin mit der Michi in d' Schul genga", oder „I hab mit der Michi gspielt", – denn ihre Mutter Michaela, in New York verheiratet, hatte wie unsere jüngere Tochter Maria-Winnetou den größten Teil ihrer Kindheit in Henndorf verbracht, sie war dort aufgewachsen, in die Dorfschule und zu den Nachbarn gegangen, und hatte sich ganz als

Siegmundsplatz

Henndorfer Kind gefühlt. Als weitere Festgenossin begleitete uns, zu unserer besonderen Freude, die Prinzessin Hella von Bayern, eine unserer besten jüngeren Freundinnen, (wobei mir einfällt, daß ich in frühen Jahren hauptsächlich mit älteren Menschen befreundet war,– heute fast nur mit jüngeren), – geborene Österreicherin aus dem Geschlecht der Khevenhüller in Kärnten. Sie kannte Henndorf noch nicht, aber ich hatte ihr viel von der Wiesmühl und unserem Leben dort erzählt, und sie paßte ihrer Natur und Neigung nach aufs beste zu einer ländlichen Umgebung und Feier. In einem schwarzen Dirndlgewand mit silbernen Miederschnüren und kurzärmeliger weißer Bluse sah sie aus wie die Göttin Karynthia, (falls es eine solche gibt), von dunkler, südlich-alpiner Schönheit, wie man sie ähnlich auch jenseits des Brenner, im Überetsch oder Trentino, antreffen mag.

Natürlich fuhren wir, wie sich das für ‚Ehrengäste' geziemt, nicht ohne Eskorte oder Vortrupp, geführt von dem Lackner-Hans, der ehemals, als Junggendarm und tapferer Bekämpfer der ‚Illegalen' in Henndorf, so oft in der Wiesmühl die Zither geschlagen hatte, heute Herr

Oberpolizeirat Dr. Hans Lackner, also in jeder Weise aus einem schmalen Jüngling zu einem gewichtigen Mann geworden, in unverminderter, herzlicher Freundschaft mit uns verbunden. Auch er hatte seinen Wagen vollgeladen, mit dem Ehepaar Richard und Katharina Tomaselli, – die sich vor Urzeiten, an einem Frühlingstag mit wehenden Kirschblüten, in unserer Wiesmühl verlobt hatten, – und einer nicht viel Raum verdrängenden, kleinen und alerten Schweizerin, Frau Erika Heuberger, ohne deren Beistand ich meinen Laden, was Korrespondenz, Termine, Daten, Finanzen, Organisation anlangt, einfach zumachen müßte. Sie war so eilig aus Bern herbeigesprungen, daß sie ihren Paß vergessen hatte, nicht aber ihre Leica, mit der sie das Henndorfer Fest zu schießen gedachte, und auch lautlos schoß.
Ganz plötzlich waren wir in Gnigl auf der Reichsstraße, denn der Lackner-Hans fuhr voraus, in seinem roten Wagen mit dreistelliger Nummer, die eine so blitzartige Fahrt durch die verkehrsreichen Straßen bewirkte, als befänden wir uns auf einer Verbrecherjagd. Der Fahrtwind begann die Hitze zu mildern. Seit langem ans Klima des Hochgebirgs gewöhnt, in dem es

stets kühle Luft gibt, hatte ich vergessen, wie tropisch heiß es in diesem Salzburger Kessel und im umliegenden Flachgau werden kann, aber jetzt erinnerte ich mich an viele solche stählernen Sommerhimmel, von unbeweglich dicken, weißen Wolkenballen gesäumt. Überhaupt begannen jetzt die Erinnerungen, in einer kaum glaublichen, kaum denkbaren Fülle, Vielfalt und Deutlichkeit, auf mich einzufluten, und sich auf eine fast magische Weise mit dem Gegenwärtigen, neu Gesehenen und Erlebten, zu verschmelzen. Erinnerung ist ja nichts, was ‚vorüberzieht', und – etwa wie ein Film – Bild für Bild betrachtet werden kann, sondern es ereignet sich eine vollständig gleichzeitige Präsenz aller jemals empfangenen und im Innern gespeicherten Eindrücke und Geschehnisse, die wie durch einen Kurzschluß hell aufblitzen: so war es mir schon bei jener ersten Wiederkehr nach Henndorf ergangen, die auf einem von den Amerikanern ausgeliehenen Jeep stattfand: plötzlich und ohne Übergang war mir jeder Name jedes Wirtshauses und jedes Bauernhofs, jedes Wäldchens und jedes Baches, die mir viele Jahre nicht in den Sinn gekommen waren, so vollkommen geläufig, als wäre ich gestern noch da gewesen oder hätte die ganzen Jahre hindurch an nichts anderes gedacht. Nun ist ja ‚Gedächtnis' auch eine gewisse Gabe, die nicht jedem in gleichem Maße geschenkt ist, – und was wäre ein Schriftsteller ohne das? Die Hälfte dessen, was man von der Welt und von Menschen darstellen kann, entspringt weniger der Phantasie oder Intuition, sondern der Genauigkeit dessen, was man einmal gesehen, gehört, erlebt, beobachtet hat, auch wenn es dann wieder ins Unbewußte versinkt und sich verwandelt, – und so ist jeder Schriftsteller auch ein unbewußter Plagiator, selbst der originellste, neuartigste, umstürzlerischste, denn er hat ja gelesen, um schreiben zu können, und etwas davon strömt immer, auch bei gewandeltem Zeitstil, in sein eigenes Schaffen ein. Wer glaubt, er lebe ohne Ahnen und schaffe ohne Tradition, der macht sich was vor.

Kein Wunder, daß ich zuerst die Wirtshäuser erwähnte: sie interpunktieren die Strecke zwischen Salzburg und Henndorf wie einladende Doppelpunkte oder Ausrufezeichen, immer noch, auch wenn es heute der Straße entlang viele neue Gebäude gibt, acht an der Zahl auf sechzehn Kilometer; das beginnt mit dem Hof-

wirten in Gnigl, bald kommt Mayrwies, Gasthof und Schlachterei, und dann der Unter-Rechl, der Ober-Rechl, der Gasttag, die Straß, Dreieichen, und schließlich noch eins in Gersbach, unmittelbar vor der Einfahrt ins Dorf. Früher waren sie beliebte Haltestellen für die mit Rössern bespannten Fuhrwerke, und die Rösser kannten sie so gut wie ihre Lenker. In unserer frühen Henndorfer Zeit hatte man dort noch zwei ‚Boten', die regelmäßig mit ihren Gespannen zur Stadt fuhren, den Winkelhofer und den alten Seitner, und es wurde erzählt, daß die Pferde des letzteren bei jedem der Wirtshäuser bockbeinig stehen blieben und nicht weiterzubringen waren, bis sie ihr Bündel Heu oder ihren Maulsack voll Hafer und der Bote sein Krügl Bier bekommen hatten. Die Zwischenstrecken liefen sie dann von selbst. Das macht kein LKW, und daran erkennt man den Vorzug der lebendigen Kreatur vor der besten Maschine . . .
Es geht alles viel zu schnell, aber die Bilder und Gedanken sind noch viel schneller, intensiver, schärfer als irgendein Dia. Schon ist zur Rechten der liebliche Hügel von Daxlueg vorbei, wieder ein Wirtshaus mit baumbeschattetem Gastgarten, in dem ich oft, über den Heuberg

und den ‚Jagersteig' nach Salzburg wandernd, eingekehrt war, – schon verschwinden zur Linken die edlen Türme der Stiftskirche von Mariaplain, und gemahnen an viele Wege, von Mayrwies oder auch über Seekirchen zum Wallfahrtsort, dessen besonderer Anreiz, außer der Kirche selbst und dem herrlichen Blick übers Land, die landesweit gerühmten Würstl im Gasthaus waren, – schon gleitet der Wagen über den ‚Rennerberg', der früher, besonders im Winter, ein harter Anstieg war, für unseren kleinen Ford nur im ersten Gang zu machen, heute bemerkt man kaum noch die Bodenerhebung.

Und jetzt wird alles ganz unheimlich vertraut, und bekommt etwas vom Schauer einer Selbstbegegnung. Links der Kirchturm von Eugendorf, rechts das Wirtshaus ‚Zur Straß', das schon in Chroniken vom Jahre 800 erwähnt wird, und ich sehe genau die damalige Wirtin vor mir, ich glaube, sie war eine Schwester der Mayrhauserin in Henndorf, aber das Haus hat sich verändert, ist hochmodern geworden wie in Henndorf der Postwirt und der Lechner, es ist ein Tattersall und eine Reitbahn angeschlossen, man wundert sich im Vorüberschnurren, – gleich aber taucht schon, wieder zur Rechten,

das Spitztürmlein auf dem Kraiwieser Kirchberg auf, und ich weiß, dahinter kommt das Unzinger Moos und das Kraiwieser Moos, durch das man zur Station der alten Ischler Bahn wandern konnte, oder auch über die Fuchshöfe zum Zifanken hinauf, – das Moos, das Moos, einsam war es wie ein lappländisches Hochmoor, ich durchstreifte es in hohen Stiefeln, wegen der Wasserlachen und wegen der Kreuzottern, einmal fand ich dort eine völlig schwarz gefärbte, wie eine ‚schwarze Mamba', nur nicht so gefährlich, auch gab's dort Rohrdommeln und manchmal sogar den seltenen Schwarzstorch, Weihe und Bussard kreisten darüber, und im Frühling war es überall beblüht von unzähligen Moosblumen, kleinen Liliacaeen, und dem strahlend weißen Sauerklee ... Da aber, noch auf der gleichen Seite, erscheinen die ‚Drei Eichen', primitiv wie von Henri Rousseau aufs Wirtshausschild gemalt, von da geht der Landweg nach Guggenwinkel und weiter zur Hub, nach Ellenhub, Hamberg, Streimbing, zum Jaglbauern, rechts am Altenbach entlang zum Stallerwirten – ob da immer noch ein rostiges Sensenblatt im Stamm der uralten Linde steckt, als sei es zur Zeit der Bauernkriege hineingeschlagen, und steht das kleine Mühlenhäuschen mit dem Rad am Bach unten noch so unheimlich grünverschimmelt, als müsse der Wassermann gleich seinen Unkenkopf aus der Brunnentiefe herausstrecken? – oder ich gehe links zum Gut Altentann mit seinem Ringteich um die alte Insel, ich gehe und gehe im Bruchteil einer Sekunde all diese Wege entlang, – jetzt jedoch gehe ich, vierzig Jahre jünger und von drei Hunden begleitet, auf der anderen Straßenseite einem ansehnlichen Bauernhof zu, der auf der Landkarte ‚Gumersill' hieß, von den Einheimischen ‚Gumisöl' oder ‚Kumisöler' ausgesprochen, und ich nehme die Hunde an die Leinen, denn der Gumisölbauer hält eine zahme Rehgeiß, die im Kuhstall schläft und bei Tag auf der Weide unter den Obstbäumen herumspringt, – und ich überlege mir, ob ich von dort über Frautagging nach Fischtagging – einem einzelstehenden, fast rechteckig gebauten Wirtshaus überm See mit knorzigen Linden vorm Eingang – und dann am See entlang nach Haus laufe, oder gleich durchs ‚Galgenhölzl', einem kleinen, finsteren Wäldchen, an dessen Ostseite der Kumisöler haust, und an dessen etwas höher gelegenem Westrand ehemals der Henndorfer Galgen gestanden haben soll, – ein verwitterter Grundstein ist noch da, – und wo der Richtplatz war. Wenn da wirklich jemals ein armer Sünder gehenkt worden ist, so hat er wenigstens zuletzt noch einen schönen Blick über seinen Ort hin gehabt, und übern See hinüber bis zu den sanften Höhen des Tannbergs und des kegelartigen Buchbergs . . . So plötzlich wie die Fahrt begonnen hat, sind wir aber jetzt schon, über die Brücke weg, welche die Senkung von Gerschbach kreuzt, in Henndorf, an der alten Schule vorbei, am Gundl oder Neuwirten, wo die Schützen so gerne feierten, am Friesenegger: mit einem Ruck stoppt der Wagen, denn eine kräftige Frau stürzt aus der Schmiede heraus und reißt den Schlag auf, das Gesicht hochrot vor freudiger Erregung: „Frau Patin! Frau Patin!", und reißt die Hand meiner Frau an ihren Mund, die sie ihrerseits am Kopf nimmt und auf beide Wangen küßt, – denn für uns ist sie ja nicht Frau Friesenegger, im Dorf ‚die Schmiedin' genannt und Mutter vieler Kinder, sondern selbst ein Kind, die Seitner-Mariedi, im weißen Kleid mit gebrannten myrthenbekränzten Löckchen, wie meine Frau sie am Pfingstsonntag in der Kutsche nach Salzburg bringt, zur feierlichen Firmung durch den Herrn Erzbischof im Dom, – und dann zum traditionellen Ausflug an den Königssee bei Berchtesgaden und ins Theater und in viele viele Wirtshäuser oder Konditoreien mit abwechselnd Würstln, Kuchen und Himbeereis, wie sich das gehört . . ., und da stehn auch schon andere Kinder, die heute Vierziger oder Fünfziger sind, gestandene Männer oder wohlbeleibte Frauen, – für uns aber sind das alles Kinder, sie lachen ja auch, wie wenn sich Kinder freuen, und es denkt etwas in mir: gute Menschen bleiben Kinder, (ich weiß, daß das Unsinn ist, eine schreckliche Simplifikation, aber jetzt glaube ich sie), – bleiben allezeit Kinder, und nur die bösen, kleinlichen, mißgünstigen, unfrohen, werden erwachsen und werden vom Leben nicht mehr geliebt, – ja, was für eine biblische Vereinfachung, – aber so vereinfacht das Märchen, in dem es nur Gute oder Böse gibt, Feen oder Ungeheuer und keine Halbfiguren, und schon bin ich ganz im Henndorfer Märchenzauber eingefangen, – in den sich zugleich ein Hauch von mythischer Trauer mischt, –: nicht um ein ‚verlorenes Paradies', – das ist nur ein Wort, und nichts wirklich Gelebtes ist verloren, sondern um die Toten, die allgegenwärtigen, die uns lautlos begrüßen, – an ihrer Spitze die Just, unsere Ederin, denn sie war von den Guten die Beste. Und sie ist erst jüngst, unlängst, gestorben, 80jährig, nur ein paar Wochen zu früh, um diesen Tag noch zu erleben, an dem ja sie die Hauptperson gewesen wäre, und das Fest ein Höhepunkt ihres Lebens . . . Aber sie, Justina Eder, hat dem Dorf und den Dörflern mit ihrem Tod noch einen Höhepunkt beschert, eine unvergleichliche Feier, ein Cortegium und Festspiel allerersten Ranges, das war ihr Begräbnis, (dem ich selbst, wegen einer Auslandsreise, fernbleiben mußte, doch war unsere Tochter Maria-Winnetou, mit unserer Enkelin Katharina, aus Wien hergekommen). So, hört man immer wieder, ist in Henndorf und vielleicht überhaupt noch nie eine Frau begraben worden. Alle Vereine und Fahnen, alle Henndorfer, groß und klein, auch viele Leute von den Nachbardörfern, und die Bewohner der entlegensten Höfe, zogen hinter dem Sarg, dem Pfarrer, der Blasmusik her, auf allen Straßen und Wegen durch den ganzen Ort, bis zur Kirche hinauf und zum Friedhof, wo unser ‚Dodey', Josef Eder, schon seit ein paar Jahren im Doppelgrab auf sie wartete. Er war so lange in seinem Leben der Schützenvater gewesen, daß sie ganz selbstverständlich die Schützenmutter wurde und bis zum Ende blieb, aber nicht nur die Schützen, die meisten Henndorfer liebten und betrauerten sie, als hätten sie eine Mutter verloren. Denn mit ihr war die ‚alte Zeit' gestorben, – die gute alte mit der schlechten alten zugleich, – und eine Gestalt gegangen, wie sie es in solcher Echtheit, Wahrhaftigkeit, Eigenart, nicht mehr geben kann, die letzte bäuerliche Urgestalt, der letzte mittelalterliche Mensch, und so sah sie auch aus: wie von einem Meister des 15. Jahrhunderts gemalt, mit ihren lichtblauen Augen, dem plastisch durchgeformten Gesicht, dessen Haut auch im hohen Alter immer ganz straff blieb, so wie ihr glatt zurückgekämmtes, am Hinterkopf fest geknotetes Haar. Die unveränderliche, ebenso ernsthafte wie heitere Kraft ihrer Persönlichkeit, davon wußten alle, die sich an ihre Sprechweise, ihre Lebensart und – in unserem Fall – an ihre Briefe erinnern, die für uns immer eine Quelle liebevoller Erheiterung waren: „Hofe das mein brif in besder Gsundheid bei eich ankomd", so fingen sie an, – und wenn sie erzählte, vom ‚Schröpfn', weil sie jetzt dickes

Blut gekriegt habe, und vom Reißn und Zwackn des Alters, und vom ‚Müllilamperl' oder ‚Seefackl', (das war ein Meerschweinchen), mit denen sie lebte, da es ja unsere Hunde nicht mehr gab, welche sie zu sich genommen und bis zum Tod gepflegt hatte, als wir weit weg im Exil waren und ihr nicht einmal das Geld fürs Futter schicken konnten; und wie sie mit ihrem Mann schimpfte, wenn er mit einem Rausch heimkam, denn das gehört zur ehelichen Liebe, und wie sie ihm übelnahm, daß er so rasch, mitten in der Nacht am Herzschlag, gestorben war und sich nicht die Zeit gelassen hatte, daß sie ihn noch pflegen und Abschied nehmen konnte: „A paar Dag", sagte sie, „hätt er scho noch wartn können." So hatte sie gelebt, arm aber königlich, und so wurde sie zu Grab getragen, unterm Donner der Prangerstutzen und Glockengeläute, – was war dagegen das Begräbnis der Königin Victoria von England, oder der Maria Theresia, oder der Fürstin Pauline von Metternich?

Denn hier gibt es noch Weihe und Feier, Totenweihe, Lebensfeier, aus den Ursprüngen her, deren Ritus und Zeremoniell nur im äußeren Gebahren verschieden sind, – unter Tränen

wurde sie gefeiert, und wie wurde gefeiert! „Bier bis um vier Uhr früh", sagte einer der Schützen ganz träumerisch. Das hatte die Just noch gestiftet.
Da rechts hinauf, hinterm Postwirten, an dem jetzt unser Wagen vorbeifährt, führte der Weg zu dem kleinen Ederhäuschen, und das war immer mein erster Gang, wenn ich in den späteren Jahren nach Henndorf kam. Das ist vorüber. Es gibt Wege, die man nicht mehr geht, – Orte, zu denen man nicht mehr gehen kann, – weil sie, wie mein im Krieg zerbombtes Elternhaus in Mainz, nicht mehr da sind, – oder weil die Menschen, die man dort suchte, nicht mehr leben. Und mit den Wegen, die man nicht mehr geht, den Orten, die man nicht mehr findet, entschwindet allmählich das eigene Leben, auch wenn es noch eine gute Strecke weiterläuft, aus dem Gefuge seiner Zeit.
Wir nähern uns dem ersten Ziel dieser Fahrt, am neuen Lechnerwirtshaus vorbei zum alten Bräu, dem Henndorfer Palazzo Vecchio. Würde man hier nicht jeden Schritt kennen, – das Tor zum früheren Brauhaus, die Kastanien des Gastgartens über den Stufen und längs der Richard-Mayr-Allee, den Brunnen, die prächtige Haus-

Das Bräu

ch

front selber, – so würde man's an dem Menschengedränge merken, das hier die Straße blokkiert, eine bunte Menge, ja ein Auflauf, dörflich, bäuerlich, städtisch, durchsetzt mit Fotografen- und Fernsehapparaten, die sich wie Gewehre oder Geschützmündungen auf uns richten. Aber der Wagen fährt hupend hindurch, er muß erst weiter oberhalb auf der verbreiterten Straße wenden, damit wir direkt vorm Eingang des Gasthauses, auf der richtigen Straßenseite, vorfahren können, – das geht rasch, aber ich bemerke im Vorübergleiten, was für ein gediegenes Spritzenhaus die Henndorfer Feuerwehr jetzt dort aufgebaut hat, anstelle der früheren kleinen Baracke.
Das Gedränge ist jetzt so dicht, daß sich der Bürgermeister kaum zur Begrüßung durchzwängen kann, aber ich erwische noch einen vollen Blick auf die unverändert herrliche Hausfassade, mit dem blumengeschmückten Umlauf, von dem aus Herr Carl Mayr gern wie ein Fürst seine Gäste begrüßte, den hölzernen Hirschköpfen, den Fassungen der Fenster mit ihrem barocken Schwung. Gewiß gibt es größere, mächtigere, kostbarer ausgestattete Gasthäuser hier und dort, in Innsbruck, in Südtirol, in

der Wachau, in Graz oder Kärnten, aber ich kenne keines, dem – innen und außen – diese einmalige Harmonie eignet, hier hat die Kultur von Geschlechtern und die natürliche Entwicklung im Lauf der Jahrhunderte den ‚goldenen Schnitt' geschaffen. Gleichzeitig sehe ich noch an der Mauer das große Plakat, das zu dem heutigen ‚Henndorfer Abend' einlädt, und vor dem Plakat steht einer der älteren Schützen, braunverbrannt, mit dem Federhut und Orden auf der Brust, ich kenne ihn gleich, es ist der Thalhammer Simon, – sein Finger weist auf den Eintrittspreis: S 25,—.
Die uns jetzt umdrängen, außer den vielen Unbekannten, sind nun einmal keine ‚Kinder' für uns, sondern fast oder ganz gleichaltrige, und ich sehe sie eben als ‚Junge Leute', – so wie sie damals waren und in Wuchs und Haltung geblieben sind, – ich erkenne die liebste Nachbarin, die Riedermüller Rosl, unverändert mit ihrer schönen, hohen Figur und ihren runden Backen, schon liegt man sich in den Armen, und schüttelt die Hände ihres Mannes, des Riedermüllers – was für ein fesches Paar sind die damals gewesen, ja, wirklich und richtig ‚fesch', beide mit ungewöhnlich hübschen Gesichtern,

ich höre noch, wie sie mit ihrer hellen Stimme, wenn sie vor ihrer Heirat als ‚Stall-Rosl' in der Mayrschen Landwirtschaft arbeitete, die alten Volkslieder sang, und sehe ihn, den jungen Riedermüller, mit hocherhobenem Kopf stolz daherschreiten, und gerauft hat er auch ganz gern, aber niemals ‚politisch', nur so, aus Lebenslust. Unvergeßlich ihre Hochzeit, zu der wir als Nachbarn geladen waren, ein Fest von früh bis nachts, und das war hier, im ‚Moser'-, ‚Mayr'-, und schließlich ‚Wagner'-Gasthaus, dessen großer, weiträumiger Tanzboden im ersten Stock stundenlang widerhallte von den Walzer- und Ländlerklängen der Musik und den Juchzern der Burschen . . .
Da ist auch der Roiderfischer, von der Waldlichtung am See, in deren Nähe ich mein, damals ganz einsames, Badhüttchen hatte, er besaß die schönste männliche Naturstimme im Dorf, der Kammersänger Richard Mayr wollte ihn ausbilden lassen und an die Wiener Staatsoper holen, aber er blieb lieber bei seinen Angeln und Reusen und bei seiner Plätte, auf der er am Abend, wenn er durch die Bucht ruderte, seinen baritonalen Tenor ohne Taktstock laut erschallen ließ . . .

Plötzlich durchfährt mich ein kurzer Schreck: inmitten all der Leute glaube ich die tote Ederin zu sehen, aber es ist ihre Tochter, die wir wenig kannten und die ihr mit zunehmenden Jahren immer ähnlicher geworden ist. Jetzt aber, beim Betreten des gewölbten ‚Vorhauses‘, erwartet uns eine wunderbare Überraschung, auf die wir nicht gefaßt waren: genau an der Stelle, an der ich im Juli 1926, also vor 44 Jahren, zum ersten Mal den großen Richard Mayr in Person gesehen und kennengelernt hatte, – es stand dort früher eine Bank und ein Biertisch, an dem er gerne mit den Bauern saß, – steht Frau Maria Mayr, seine Witwe, die letzte Überlebende der Mayr-Familie, mit ihren weißen Haaren, in einem schönen dunklen Kleid prächtig anzusehen, und ihre Augen, aquamarinfarben, funkeln und blitzen bei der Begrüßung, als wüßten sie nichts von Alter und von Vergänglichkeit. Sie selbst ahnte nicht, was diese Stelle, an der sie jetzt stand, für mich bedeutete, sie war damals nicht dabei, sie teilte nicht diese Erinnerung an eine durch einen gegenseitigen Blick und Händedruck raketenhaft aufschießende Befreundung, und es war ein ‚Zufall‘, daß sie gerade dort gewartet hatte, – aber solche Zu-

fälle, wenn man sie nur bemerkt, setzen die geheimen Akzente des Lebens, den Kontrapunkt der platten Wirklichkeit.
Wir betreten die große Gaststube, die erinnerungsreiche, so guten Mutes, und sie empfängt uns so vertraut und unverändert, als wären wir gerade von zu Haus, von der Wiesmühle nämlich, zu einer Hochzeit herübergekommen. Meine Frau, auch sie im dunklen Dirndlgewand mit gesäumter weißer Bluse und langen Ärmeln, trägt einen riesigen Blumenstrauß vom Bürgermeister im Arm, und einen breitkrempigen schwarzen Hut auf dem Kopf, den ich ihr manchmal zurechtrücken muß, weil er bei dem vielen Umarmen und Küssen immer verrutscht. Auch sie ist von alten Freunden und Freundinnen umringt, Frau Margarete Prohaska ist gekommen, die drunten am See, beim Haltergut, immer noch ihr hübsches Häuschen bewohnt, und viele andere. Die Gaststube sieht aus wie eh und je, wunderbar gepflegt, – Herr Carl Mayr, der längst bei den seligen Wirten im Elysium weilt, hätte seine Freude. Und ich denke: vielleicht kommt er manchmal um Mitternacht und zieht ein Tischtuch zurecht, oder leert einen vergessenen Aschenbecher, das sähe ihm ähnlich.

Alles ist noch da, die Gams- und Rehkrickerln an den Wänden, der hohe, dunkelgrüne Tiroler Kachelofen, Carl Mayrs persönlicher Lehnstuhl, auf dem er so oft mit dem Stickrahmen saß und an einem Gobelin arbeitete, und in der hinteren Ecke am Fenster mein ‚Stammtisch', an dem für uns gedeckt ist, doch bevor wir uns niedersetzen, hält nun der Bürgermeister Hans Esterer eine herzliche und schwungvolle Begrüßungsrede: auch er ist ein ‚Kind', nämlich der Seebrunner-Hansl, als der er mit kurzen Lederhosen und dünnen Wadln an unserer Wiesmühl vorbei zur Schule lief. Und wieder ein ‚Kind': die Wagner-Fanny, Erbin und Besitzerin des Gasthofs, der heute von ihrer Schwiegertochter als Wirtin und deren Schwester mit Sorgfalt und Grazie geführt wird. Über dem ‚Stammtisch', oberhalb der schachbrettartig gewürfelten Holztäfelung aus dem Empire, hängt das Gemälde des legendären ‚Herrn Bräu', Kaspar Mosers, von seinen Neffen Richard und Carl Mayr der ‚Onkel Kasper' genannt, der in seinen älteren Jahren ein bärtiger, leibesmächtiger Riese gewesen sein soll, – auf dem Bild aber ist er noch jung, bartlos, mit weichen, fast schönen Gesichtszügen und breiter Halsschleife, in der

Stube mi Brän
ck

Kleidung des späten Biedermeier. Und auf dem Tisch, als wär er ein ‚Tischleindeckdich', steht plötzlich die hergebrachte ‚Zuckmayerjause', wie man sie mir immer vorsetzte, wenn ich gegen Abend, von der Arbeit oder von einem langen Überlandweg, auf eine Dämmerstunde hereinkam: rosig durchwachsener Bauernspeck, ein ‚Doppelstamperl' mit klarem Obstler, ein kühles Bier im zinnbedeckelten Seidl, ein Stück Mondseer Käs, – das frische Schwarzbrot muß vom Göpfringer sein oder aus der Brechmühle, der Birnenschnaps vom Gaussner, der Speck von der wirtseigenen Räucherkammer, die Salamischeibe echt ungarisch vom Haindl in Salzburg, und es erfüllt mich ein ungeheueres, ein sagenhaftes und zeitloses Behagen.

Am selben Tisch schrieb später unser Freund, Ödön von Horváth, seinen Roman ‚Jugend ohne Gott'. Als mein Gast war er zum ersten Mal nach Henndorf gekommen, und war dann, in den Zeiten seiner Heimatlosigkeit, hier geblieben, bis zu jenem grausam-strahlenden Frühling von 1938, in dem er und wir fortmußten. Damals wußten nur wir, und einige andere Freunde, daß er, der mit 36 Jahren sterben sollte, ein großer Dichter war, heute weiß es die Welt.

II

Was überhaupt an Poeten, Künstlern, Schrift- und Schaustellern sich in diesen Jahren, den zwanzigern und dreißigern, in und bei Henndorf aufhielt, herumtrieb oder besuchsweise erschien, ist nicht auszudenken.
Das fing mit Richard Billinger an, – den man, im Gegensatz zu dem damals kaum beachteten Horváth, heute nicht mehr spielt oder liest, – das ist alles ganz unberechenbar, plötzliches Vergessensein, plötzliches Wiederaufleuchten. Durch die Verwandtschaft seines Mäzens, des generösen, immer kunstbegeisterten Industriellen Gustav Kapsreiter mit der Familie Mayr, war er vom Innviertel hier herüber gewechselt und in Carl Mayrs chevalereske Obhut geraten. In Zeiten des Geldmangels, dem junge Autoren vor Erfindung des Rundfunks und Fernsehens chronisch ausgesetzt waren, hatte er im Mayrwirtshaus stets eine Zuflucht, aber auch einen strengen Aufseher und Oberhirten. Da saß er dann, drüben auf der Ofenbank, mit seinem Schreibzeug, ein gefesselter Riese, denn er war zwei Meter groß mit entsprechendem Appetit, und träumte bereits vom Mittagessen, von der

hausgemachten Torte vor allem, während Carl Mayr in seinem Lehnstuhl thronte, mit seinem Stickrahmen oder Malgerät. Von Zeit zu Zeit schaute Herr Mayr zu ihm herüber und fragte: „Richard, schreibst?“ – „Jaja, i schreib scho“, sagte Billinger, und tauchte die Feder ein. Aber selbst dem fruchtbarsten Dichter fällt nicht immer etwas ein. Als Billinger einmal hinaus mußte, ging Carl Mayr rasch zu seinem Platz hinüber, um den Stand seiner Arbeit zu kontrollieren. Da fand er einen großen, weißen Bogen, auf dem stand von oben bis unten nichts als: „Richard Billinger, Richard Billinger“ und so fort. (Vielleicht ein Versuch zur Selbstidentifikation?)

Durch Billinger waren wir hierher gekommen, und durch uns, unter andern, die Dichter Hans Schiebelhuth, Horváth, Franz Theodor Csokor. Dieser schrieb in dem Blockhäuschen, das wir für Gäste auf unserem Grundstück aufgestellt hatten, – es war früher Richard Mayrs Jagdhütte auf dem Zifanken gewesen, – sein erfolgreichstes Stück, den ‚3. November 1918‘, das ihm den Burgtheaterring einbrachte. Auch die Großen der Epoche lernten Henndorf kennen, Gerhart Hauptmann war zur Nachfeier seines

75. bei uns zu Gast, Thomas Mann kam mit Familie zum Mittagessen in die Wiesmühl, Stefan Zweig erschien regelmäßig, und ließ sich von mir bis zur Erschöpfung über kaum begangbare Wildwechsel und brückenlose Gewässer schleppen, – Alexander Lernet-Holenia kam auf seinem Fahrrad, er hätte besser auf ein elegantes Kavalleriepferd gepaßt, Emil Jannings kam per Auto mit Chauffeur, Werner Krauss zu Fuß über die Waldberge von Mondsee oder mit der altehrwürdigen Ischler Bahn, Bruno Walter liebte unsere Hunde und das abendliche Gespräch in unserer Bauernstube, die Fjodor Schaljapin manchmal nächtlicherweil mit seiner gewaltigen Stimme füllte, – von Max Reinhardts künstlerischem und weltlichem Gefolge zu schweigen, unter dem sich berückende englische Ladies und amerikanische Filmdiven – oder Millionärinnen – befanden.

Bei Seekirchen aber, kurz vor dem Ortseingang, lebte in seinem ärmlichen, winters nur mit einem kleinen Holzofen zu heizenden Häuschen, der schon ergraute, doch immer noch unbekannte Epiker Johannes Freumbichler, der in Henndorf aufgewachsen war und in seinem Werk ‚Philomena Ellenhub', – stilistisch den bäuerlichen

Hinterglasbildern vergleichbar, – dem Volk und der Landschaft seiner Heimat ein wunderbares Denkmal gesetzt hat. Dort, in jenem Seekirchner Häuschen, krabbelte damals ein kleiner Knabe, sein Enkel, herum, er hieß Thomas Bernhard und ist eine der markantesten Gestalten der neueren Literatur geworden. Auch er war als Kind in der Wiesmühl zu Gast, und das muß einer der seltenen Lichtblicke in seiner, sonst eher beschatteten Jugend gewesen sein, – denn er bekam dort, wie er uns später gern erzählte, heiße Schokolade mit Schlagobers . . .

Draußen vor dem Wirtshaus ist die Menschenmenge noch größer geworden, denn hinein kamen nur soviele, wie es Platz gab. Es ist zwischen vier und fünf am Nachmittag, die Wolkenwülste an den Himmelsrändern haben sich verdickt und strecken einzelne, geballte Fäuste hoch, doch die Sonne brennt noch, bei totaler Windstille, mit gleicher Heftigkeit, mir scheint es heißer geworden, das Hemd klebt am Leibe, aber das machen die beiden Doppelstamperl und das Bier zu ungewohnter Stunde, und ich fühle mich erfrischt und ermuntert.

Langsam geht es wie in einem Prozessionszug

auf der Straße zurück, bis zu der Ecke, wo man früher zur Wiesmühl hinunterging, heute fährt, und wo auf der einen Seite der Höllhuber, auf der andern der damalige Schmied Buchschartner wohnten. Beide waren besondere Spezis des Richard Mayr, und man brauchte nur die beiden Namen zu nennen, so brach er in ein donnerndes Gelächter aus, als wären sie die Pointen eines unübertrefflich guten Witzes. Auch der alte Gugg mit seinem riesigen Kropf, früherer Bräuknecht und der letzte Knappe von König Kaspars Tafelrunde, erregte bei ihm solch homerische Heiterkeit, da spielten Erinnerungen mit, die er manchmal zum besten gab. Die übrigen Henndorfer konnte er, wie er vorgab, nicht voneinander unterscheiden. „Lauter Neger", sagte er wohlgelaunt, – doch schien er die Neger zu lieben.

Ich sehe zum ersten Mal, ein wenig betroffen, als erblicke man den eigenen Grabstein, das große Schild: ‚Carl-Zuckmayer-Weg', das zu meinem 70. angebracht worden war, aber wir betreten ihn noch nicht, sondern ziehen durchs Unterdorf Richtung Kirche, mit einem kurzen Halt vorm Stelzhamerhaus, in dem der ‚Franzl', (so heißt ein Volksstück von Hermann Bahr über ihn), der österreichische Heimatdichter, gegen Ende des vorigen Jahrhunderts gelebt hat und gestorben ist, – Henndorf war also schon damals ein kleiner Binnen-Parnaß. An dem Haus ist eine Steintafel angebracht, von dichtem Eppich umrankt, darin ist ein Vers von Stelzhamer eingemeißelt:

‚Dahoam is dahoam.
Wannst net fort mu'eßt
So bleib.
Denn d'Hoamet is ehnder
Der zwatt Mu'etterleib.'

In den Exiljahren, drüben in Amerika, habe ich darauf einen ‚Äber-Spruch' gemacht, er beginnt mit den Zeilen:

‚Der Mutterleib aber, mein lieber Mann,
Ist auch kein Ort, wo man bleiben kann.
Er stößt Dich hinaus, er zwingt Dich ans Licht –
Er schenkt Dir die Freiheit – ob Du willst oder nicht ...'

Schon wieder ist ein ‚Kind' bei uns angelangt, ein großer fülliger Mann mit rundem Gesicht, im weißen Hemd mit aufgekrempelten Ärmeln und umgehängtem Kodak, der sich unbändig zu freuen scheint: wir erkennen ihn gleich an der Ähnlichkeit mit seinem verstorbenen Vater, er selbst war ja noch ein Bub: der Feichtinger Karli, dem meine Frau, bei der Einstudierung von Raimunds ‚Verschwender' als Kinderaufführung, (spielte er nicht den Franzosen, der immer sagt: Ich bewundere der Natür–?), eine Watschn heruntergehaut hat, weil er die anderen zwickte oder zum Lachen brachte – ja, und an diese Watschn erinnert er sich mit solcher Wonne, als sei es der Ritterschlag gewesen und er habe ihn von der Kaiserin Elisabeth empfangen. Immer wieder hör ich ihn lachend zu meiner Frau sagen: „Die Watschn, wissens noch, die Watschn!" Dann nimmt er seinen Kodak hoch und knipst.

Inzwischen haben wir die Bachbrücke überquert und stehen vorm Anstieg zum Friedhof. Droben steht die schöne, würdige Kirche mit ihrem wuchtigen Turm, davor das kleine Kapellchen, in dem man die Toten aufbahrte, das hat unser Eder in seiner ruhigen, freundlichen Art getan, wie man ein Kind in die Wiege legt. Drunten vor dem kurzen Stufenweg ist das Kriegerdenkmal vom ersten Weltkrieg, die Namen der Gefallenen des zweiten stehn auf einer

Aufgang zur Kirche
cn

Ehrentafel. Man nimmt den Hut ab, schweigt. Eine Frau begrüßt uns, deren Haus gleich nebenbei am Beginn des Seekirchner Weges steht, ich bin oft dort vorbeigegangen und habe mit ihr geredet. Sie war die Tochter des Schusters Krejci, eines der hübschesten Mädchen im Dorf, ich erinnere mich an einen Tanz mit ihr, bei dem sie den Kopf mit dem dunklen Haarkranz schief legte, und sie ist immer noch schön anzusehen. Jetzt haben wir wohl fast alle noch Lebenden begrüßt, mit Ausnahme des Seitner, der heut überland mußte, denn er hat das Botengeschäft seines Vaters übernommen und der Mayrhauserin, (sprich: Moarhauserin), die den schönen Namen Anna Frauenschuh trägt. Ich frage nach ihr, möchte sie gerne sehen, aber es heißt, sie sei krank im Bett, mit einem Herzleiden.

Auf dem Kirchhof, auf dem auch der berühmte ‚Herr Bräu' Kaspar Moser liegt, – die Mayrs sind alle in der Familiengruft auf dem Salzburger Petersfriedhof beisammen, – wird es ein wenig stiller, die Leute stehen zwischen den Gräbern, und lassen uns Zeit zum Gedenken an der Ruhestätte des Eders und der Ederin.

Jetzt kommt Bewegung in die Menge, denn der

Salzburger Landeshauptmann Lechner ist mit seiner Frau erschienen: eine wahrhaft landesväterliche Gestalt, einen Kopf größer und vermutlich um einige Kilo schwerer als all seine Untertanen, mit einem von würdiger Bonhomie und Wohlwollen glänzenden Gesicht. Aber man darf jetzt nicht im Gespräch verweilen, besorgt schaut der Seebrunner-Hansl, ich meine, der Herr Bürgermeister, auf den Wolkenring am Horizont, der langsam steigt und seine Farbe verdunkelt, – und wir haben noch viel vor uns, den Weg zur Wiesmühl und dann zum See hinunter; er möchte nicht, daß dieser Festzug ins Wasser fällt, und er weiß nicht, daß ich den Wolkenrand mit einer geheimen Hoffnung betrachte, die sich dann auch erfüllen wird . . .
Durch die neuen Ortsanlagen geht es, welche die ehemalige große Moarhauserwiese, auf die ich einmal Vorkaufsrecht hatte, in einen Park verwandelt haben, und da steht in der Bachmulde, unter der Leiten, äußerlich fast unverändert, die Wiesmühl, in der wir zwölf Jahre zu Haus waren. Noch gehört sie unseren Freunden Rinesch aus Wien, denen wir sie nach dem Krieg und der Restitution verkauft haben, weil

wir damals schon die nähere Umgebung, für unseren Geschmack, zu verbaut fanden. Dort, im Hof vor dem Haus und in dem grasigen Garten, in dem ich selbst noch die Obstbäume gepflanzt hatte und ein Walnußbäumchen gesetzt, erwartet uns eine ganz andere Art von Gesellschaft, die ‚Haute-Volée' des Landes sozusagen, darunter die Gräfin Harriet Walderdorff, die den ‚Goldenen Hirschen' zu einem Hotel von Weltruf gemacht hat, mit ihrer reizenden Schwiegertochter, und ein Herr Franz von Haunalther, ein lieber Gefährte aus der Zeit in New York. Vor allem aber: hier erwartet uns Gustav Kapsreiter. Ich hatte schon gefürchtet, er könne nicht kommen, zu diesem Feiertag, der ja ihn aufs innigste betrifft, denn man hörte, es ginge ihm gesundheitlich nicht gut. Aber da steht er, anscheinend ganz gesund, – mit seiner hohen Gestalt und seinen weißen Haaren sieht er nobler aus als alle Edelmänner, oder aber: wie der Edelmann, der er ist, und als der er immer gelebt hat. Kapsreiter, der ‚Gustl', ist mit unserem Leben, seit wir hierher kamen, eng verknüpft. Seine Frau Maria, die wir herzlich gern hatten, war eine echte Salzburger Mayrin, aus dem ‚Alten Gablerbräu' stammend, – eine

Nichte von Carl und Richard. Und sie liebte Gesang, Geselligkeit, Natur und Kunst wie diese. Er, Gustav Kapsreiter, suchte und fand seine Freundschaften vor allem unter Künstlern, Malern, Musikern, Dichtern, denen er häufig zum vertrauten Berater und Helfer wurde. Wenn ich etwas Neues schrieb, war er fast stets der erste, dem ich vorlas, – und wie konnte er zuhören, mit welcher Einfühlung und Bereitschaft! Er liebte es, zu genießen, im vitalen und im verfeinerten Sinn, – es war jene Art von Genuß, von dem es bei Büchner heißt: „Wer am meisten genießt, betet am meisten." Je mehr die Zeiten für uns bedrohlich wurden, desto fester erhärtete sich unsere Freundschaft. Und als wir fortmußten, kam er nach Holland gereist, um uns vor der Überfahrt nach Amerika Lebwohl zu sagen. Wir feierten Abschied, eine ganze Nacht, – aber er war voller Zuversicht, daß alles anders würde, und daß wir wiederkämen. Ich hielt das damals für unbegründeten Optimismus, ich sah sehr schwarz in die Zukunft, – aber er hat recht behalten, und der heutige Tag besiegelt seinen Glauben und unsere Verbündung.

Nur ein halbes Jahr später, im Frühling 1971,

ist er gestorben, – er hatte, wie man sagt, einen sanften Tod, und jetzt liegt auch er in der Familiengruft auf dem Petersfriedhof.
Nichts macht uns hier, an diesem Tag in der Wiesmühl, wehmütig oder traurig, (höchstens, daß der Bach nun durch die Wiese geleitet ist, und nicht mehr als Mühlwasser am Haus entlang strömt, ich liebte sein Rauschen und Brausen, besonders nachts), – es ist nur schön, das alles neu zu erleben, Vergangenes und Gegenwärtiges in einem vollen Akkord. Und auf einmal sind die Holzmeisters da, Clemens und Gunda, ihr Anblick schon steigert das Vertrauen in die mögliche Dauerhaftigkeit des produktiven Lebens. Denn erst vor kurzem hat der 84jährige ein architektonisches Meisterwerk vollendet, die großartige Neugestaltung der Salzburger Felsenreitschule, er strahlt in unermüdlicher Rüstigkeit, und seine Frau sieht aus wie eine Frühsommerwiese. Wir sind glücklich, daß sie gekommen sind, und diese Wiederbegegnung eröffnete eine Serie von ‚Holzmeisterabenden', an denen wir nie vor 1 Uhr nachts auseinandergingen.
Man beginnt sich an den vorm Haus aufgestellten Tischen einzuhocken, die mit kaltem Auf-

schnitt und anregenden Weinkrügen bedeckt sind, die Reden schwirren hin und her, das Licht funkelt vorabendlich durch die Bäume. Plötzlich sitzen Gespenster auf der Bank unter der alten Kastanie, gegenüber vom Hausbrünnchen. Max Reinhardt, silberweiß, das Gesicht leicht geschminkt, wie man es mit den Verstorbenen in Amerika macht, – Schaljapin, knochig und überlang, als Don Quijote, von seiner eigenen Lanze aufgespießt, – Ernst Deutsch, in der Maske des Todes, den er im Jedermann gespielt hat, – aber sie lachen oder lächeln alle, sie sind nicht erschreckend, – das dauert sekundenlang, dann kichern dort wieder junge Mädchen herum, aber jetzt mahnt der Bürgermeister immer dringlicher zum Aufbruch, denn der Himmel hat sich ohne Übergang verdunkelt, rasch fegt das Gewölk drüber hin vor einem leise heulenden Wind, schon rollt es und grollt es in der Ferne, und mich durchfährt ein archaisches Entzücken: nichts hab ich mir, als Festgabe des Himmels, mehr gewünscht, als so ein rechtes, blitzend-krachendes, prasselndes Hochsommergewitter, wie es in diese elementarische, immer elektrisch knisternde Landschaft gehört . . .
Noch einen Blick zur Leiten hinauf, mit den

Die Hakenmühle

an

Lärchenbäumen, wo sich jetzt die Riedermüller, die ‚alten', ein freundliches Austraghäuschen hingebaut haben, dann setzt sich der Zug mit leichter Beschleunigung seewärts in Bewegung. Doch bestehe ich auf einem Aufenthalt, – obwohl sich der Himmel jetzt immer düsterer färbt, als wolle die ewige Nacht hereinbrechen, und die ersten Tropfen fallen, – denn an der Riedermühle, damals dem nächsten Nachbarhaus, kann ich nicht einfach vorbeilaufen. Dieses Haus, mehlweiß gestrichen mit absichtslos wohlproportionierten Fenstern und zwei dreieckigen Dachluken im Scheunenboden, hat ein Gesicht, – wie kein anderer Hof in der Nachbarschaft, – es blickt einen an, als wolle es sprechen, ein Ansprechen ohne Worte, mit einer lautlosen Eindringlichkeit, – wie oft bin ich bei Vollmond spät noch hinübergegangen, um in dieses nachtfahle Gesicht zu schauen, während der große schwarze Hofhund knurrend die alten Zähne fletschte, aber nur aus Berufsgründen, denn er rieb sich gleichzeitig wedelnd an meinen Beinen. Jetzt ist der junge Riedermüller, der jetzige Hofbauer und Erbe, mit Frau und Kindern herausgekommen, und ich erinnere ihn daran, daß er als Bub einmal unsere Tochter

Winnetou aus dem Wassergraben zwischen unseren Häusern herausgezogen hat, in den sie mit ihrem Dreirad hineingeschliddert war, aber das weiß er nicht mehr, obwohl ihm dafür eine Lebensrettermedaille gebührt. All das dauert so lang, daß der Himmel nun völlig nachtschwarz geworden ist, mit zuckendem Wetterleuchten an allen Seiten des Horizonts. Gewitter haben hierzuland etwas vom Temperament der Bevölkerung: sie halten sich lange zurück und brummen nur ein wenig, um dann jählings mit ungeheurer Vehemenz loszubrechen. Ich habe sie immer mit dem Interesse eines Staatsmeteorologen beobachtet, und manchmal versucht, sie lyrisch darzustellen. Ich setze zwei solche Versuche hierher, weil es sich da nicht einfach um ‚Naturgedichte' handelt, sondern weil sie etwas beinhalten von unserer Seelenlage in jener Zeit. Das eine, im Versmaß der Horaz'schen Römer-Ode gehalten, schrieb ich auf dem Steg vor meiner Badehütte, im Hochsommer 1937, als uns, ohne daß wir es wahrhaben wollten, das Wasser der Zeitflut schon fast bis zum Halse stand. Es heißt:

Kosmische Störungen
(am Wallersee vorm Gewitter)

Ach des Himmels flache Schale
Lastet auf der Erde schwer,
Und es balln sich kolossale –
Kolossale!
Wolkenfäuste ringsumher.

Ob sie uns bedeuten sollen,
Wie erzürnt die Gottheit sei?
Oder meint ihr leises Rollen –
Dumpfes Grollen –
Daß die Götterzeit vorbei –?

Sei's! Dann laßt uns gleichen Mutes
Dies bestehn als große Herrn,
Und das letzte Tröpflein Blutes –
Rotes! Gutes! –
Schenken wir den Bremsen gern.

Das andere ist vom Sommer 1935, einer Zeit, in der ich Gedichte ausschwitzte, wie ein angeritzter Föhrenbaum das Harz. Es heißt:

Gang im Gewitter

Die Sonne sticht durch Tann und Laub.
Der Schatten schwelt wie brauner Staub.
Heiß knistert Harz und Rinde.
Die Farne starrn wie Blinde.
Die Mücke sirrt, die Unke klirrt.
Rotwürger tief am Boden schwirrt –
Nach Haus!

Glühweiß der See wie heißes Blei,
Vom Tümpel dünstet Algenbrei.
Die Häher kreischen bange.
Ein Bussard jammert lange.
Die Berge wachsen traumesnah,
Die Bäume stehn wie Mörder da –
Nach Haus!

Schon Sturmes Stöße kalt und schwarz.
Zu Häupten orgelt Baumgeknarz.
Die Wiesen rillt ein rascher Kamm.
Grellgelb im West ein Wetterflamm!
Jetzt brüllt und schmettert Nachtgetös –
Daß uns ein Wort vom Tod erlös:
Nach Haus –!

Das Wetter prallt ins offne Land.
Aus Wolken bricht's wie fahler Sand.
Die Kühle weht vom nassen Kraut.
Der Nebel braut. Der Wind verflaut.
Heusüße raucht aus Stadln auf.
Der Regen singt im Dachgetrauf –
Zu Haus.

Jetzt, heute, ist das innere Klima ganz anders: eine einzige Lust, in das aufziehende Gewitter hineinzumarschieren, Schritt zu halten mit der losgelassenen Naturgewalt, den Wind im Genick und in den Haaren. Denn ich fühle mich geschützt, gerettet, – und – wieder einmal, trotz allem – neu geboren. Die Riedermüller Rosl und ich haben uns gegenseitig die Arme um die Schultern gelegt, der Riedermüller und der Roiderfischer gehn rechts und links, so ziehn wir den altvertrauten Weg hinab, an der Bachschlucht entlang, an der Brechmühl und der ‚Raubermühl' vorbei, – keine Zeit zum Anschaun, aber mir scheint, die letztere ist auch eine Art Gasthaus geworden, – vor langer Zeit lebte dort ein Maler, und warum sie ‚Raubermühl' heißt, hat mir nie jemand sagen können.

Es ist nun vollständig finster geworden, pechschwarze Nacht, obwohl die Sonne noch im Westen steht, – und genau in dem Augenblick, in dem wir um die Ecke biegen, von der aus man den See wie einen, jetzt gischtigen, Streifen erblickt, und linker Hand unser Ziel: das in die ehemalige Sandgrube gebaute, freundliche ‚Gästehaus Esterer', – zuckt grell der erste Blitz, kracht gleichzeitig fast der Donner, und prasselt wie aus durchsiebten Wassertonnen der Regen.

Vor dem Gästehaus aber sind in langer Zeile die Schützen vollzählig angetreten, mit ihren Stutzen, ihrer Fahne, ihren Federhüten, Bändern, Abzeichen und mit der ‚Marketenderin', die – hübsch gekleidet, mit rotem Mieder und blauem Rock, das traditionelle ‚Schnapsfasserl' (erste Hilfe) am gestickten Band um die Schulter trägt.

Im Winkel zur Schützenfront hat sich die Henndorfer Trachtenkapelle aufgestellt, mit ihren Trompeten, Posaunen und Klarinetten, alle gleich gekleidet, in mattgrünen Joppen, schwarzen Lederhosen und hellvioletten Strümpfen. Der Kapellmeister kommt mir sehr bekannt vor, obwohl ich ihn noch nicht kenne, – aber natürlich, er ist ein Sohn des Holzmeister Karl, der zu unserer Zeit Kapellmeister war, – dazwischen liegt das, was man früher ‚ein Menschenalter' nannte, – und in dem so viel passiert ist, wie sonst kaum in hundert Jahren.

Es ist an der Zeit, Unkundigen zu erklären, was die ‚Henndorfer Prangerschützen' sind, nämlich nicht irgendein Verein oder Verband, sondern ein lebendiger Ritus. Sie schießen nicht auf Tiere, auch nicht auf Menschen, – sie gebrauchen ihre Donnerbüchsen nur zur Bekräftigung und weithin hallenden Verkündung feierlicher Ereignisse, die – aus dem Alltag und dem Einzeldasein heraustretend – alle angehen und von der Gemeinde und Gemeinschaft mitzuleben sind: bei hohen Kirchenfesten, bei Hochzeiten und Begräbnissen, auch beim Jahreswechsel und an besonderen Jubeltagen. Heut stelle ich den Jubelgreis.
Rasch, wie vom Gewitterwind getrieben, eilen wir auf sie zu, – die Schützen salutieren und heben die Stutzen, die Kapelle setzt die Instrumente an, und niemand nimmt auch nur durch einen Blick den Regen zur Kenntnis, der jetzt so stark geworden ist, als sei der See in den

Himmel gestiegen und schütte sich über uns aus. Aber man ist ohnehin völlig naßgeschwitzt, da wirkt der äußere Guß nur erfrischend. Meine Frau faßt mich am Arm: „Rasch ins Haus! Du mußt übermorgen in Salzburg die Festrede halten!“ – Ich sage: „Wenn man so guter Laune ist, kriegt man keinen Schnupfen.“

Nein, jetzt wird die Schützenfront abgeschritten, die Musik begrüßt, und wenn es, wie man bei uns im Hessischen sagen würde, Roßäppel und Kieselstein hagelt. Auch kommen Leute aus dem Haus, mit riesigen Deckelschirmen, auf denen eine Kaffeereklame steht, und halten sie, soweit es ausreicht, über uns: Beim Landeshauptmann Lechner reicht es nicht aus, er ist zu breit gebaut, nur die eine Seite seines grauen Anzugs bleibt einigermaßen trocken, die andere färbt sich dunkel vor Nässe, aber es kümmert ihn nicht, – und barhäuptig, weißhaarig, sonnengebräunt kommt nun mit ausgestreckten Händen ein zweiter Landeshauptmann aus dem Haus, es ist der von Oberösterreich, unser langjähriger guter Freund Heinrich Gleißner, der mit seiner Frau Maria, zu unserer frohen Überraschung, gerade eingetroffen ist.

Das Gewitter ist nun direkt über uns, Blitz auf

Gewitter und Sturm

cn

Blitz fährt hernieder, Schlag auf Schlag kracht der Donner, und die Schützen strahlen: sie freuen sich auf das Duell mit dem Himmel. Mit einem gewaltigen Donnerschmettern zugleich dröhnt ihre erste Salve! Der am meisten strahlt, ist der Alte Schattauer, Schützenfähnrich, und er hat allen Grund dazu, – denn er war schon damals der ‚Alte Schattauer' und sah kaum anders aus, obwohl er, wie ich mir rasch ausrechne, jetzt mindestens neunzig sein muß. Sein Sohn, der Schattauer Hansl, hat mit unseren Kindern gespielt, die nun schon längst selber Kinder haben, und der Hansl ist in Rußland gefallen – Menschenalter – Generationen – Zeitläufte – Untaten – Guttaten – Untergänge – und immer ist einer da, der überlebt – zu welchem Ende? eine seltsame Lotterie.

Prächtig spielt die Musik, sie hat mehr und bessere Instrumente als die alte, und hat den gleichen Schwung – (ich hoffe nur, auch die gleiche Ausdauer). Aber jetzt kommt ein Tusch und eine Pause. Der Bürgermeister, dem das Esterer-Haus gehört, – hier am See heißen sie alle Esterer, vom Seebrunner übern Sägmüller (Soagminner) bis zum Roider, – tritt zu uns unter einen der Schirmdeckel. Auch er hat seinen Teil vom Regen abgekriegt, und es gießt immer weiter. Er hält ein Etui in der Hand, mit dunkelgrüner Seide überzogen, – und ich bin freudig erstaunt, auch ein wenig verlegen, beim Anblick des kostbaren Geschenks, das er mir nun im Namen der Gemeinde überreicht. Es ist ein schwerer, massiver Goldring, auf der Siegelfläche ist das Henndorfer Wappen eingeprägt, in Gestalt einer stilisierten Henne, und wenn auch der Name Henndorf kaum etwas mit Geflügel zu tun haben mag, ist es für mich ein gutes Fruchtbarkeitssymbol.

Dieser ‚Ehrenring', so erklärt der Bürgermeister in seiner Rede, ist von der Gemeinde eigens zu diesem Zweck gestiftet worden, er kann nur einmalig verliehen werden, das heißt, an keine zweite Person, so lang der jetzige Träger am Leben ist. (Und ich hoffe, die Henndorfer müssen bis zur nächsten Verleihung recht lange warten).

Der Bürgermeister sieht blaß und abgespannt aus, er steht, wie ich erfahre, kurz vor einer Operation, ich bewundere seine Standhaftigkeit, und den herzlichen Freimut seiner Rede: „Kommen Sie bald wieder", ruft er aus, „lassen Sie sich recht oft von uns feiern, – wir brauchen hier sowas!“ Begeisterter Applaus dankt seiner Offenheit.

Auch der Landeshauptmann Lechner ergreift das Wort, von Donnerschlägen und Schützensalven synkopiert, er redet mich mit dem freundschaftlichen ‚Du‘ an, das ich gern und sofort in meiner Dankrede aufgreife: heute gibt es für mich kein ‚Sie‘ mehr. Aber nun drängt man endlich aus dem Regen ins Haus hinein, und in die Gästestube, in der es angenehm nach heißen Würsteln riecht, und wo man sich mit einem prophylaktischen Schnaps erwärmen kann. Auch hat meine Frau, in kluger Voraussicht, für mich ein trockenes Hemd in ihrer großen Umhängetasche mitgebracht, – aber bevor ich mich zum Hemdwechsel zurückziehe, trete ich noch einmal in die Tür, um übern See zu schauen.

Dort bietet sich jetzt ein völlig ungewöhnlicher, ein phantastischer Anblick. Über uns tobt noch das Gewitter mit seiner blitzedurchflammten Finsternis. Aber im Westen, jenseits des Wallersees, hat sich bereits ein breiter Streif gelichtet, und in diesem Streif sinkt langsam, noch haushoch überm Horizont, die Sonne: ein rostroter Glutball, und erfüllt die opalisch fahlende

Dämmerung mit magischen Lichtern, flüssigen Bändern und Strömen in allen Wechseltönen von Scharlach bis Bernsteingelb, wie man sie sonst nur beim Sinken und Steigen der Mitternachtssonne im hohen Norden sieht. Mich erfüllt dieser Anblick mit einer Art von alterslosem Rausch. Neben mir steht die Prinzessin Hella, ich sehe sie an, in ihren achatbraunen Augen spiegelt sich die leuchtende Erscheinung.

Doch im Haus drinnen wartet noch manche Überraschung und Wiederbegegnung. Gräfin Palffy ist von ihrem schönen Schloß Sighartstein (bei Neumarkt) gekommen, und nimmt an der Bewirtung teil, – sie ist dort als Gabrielle Uiberacker aufgewachsen, wir waren mit ihren Eltern befreundet, von denen die alte Gräfin noch lebt, und sie selbst ist damals als sehr junges Mädchen oft zu uns in die Wiesmühl gekommen und hat manchen Weg mit mir über die Waldberge gemacht. Jetzt hat sie erwachsene Kinder, ihr Sohn hat in den uralten Gewölben und Verliesen der einstigen Ritterburg eine Dauerausstellung für junge österreichische Maler eingerichtet.
Zu diesem Westhimmel muß ich immer wieder

hinschauen. Er ist durch das groß angelegte Fenster der Gästestube, – in Amerika würde man es ‚picture-window' nennen, – zu sehen, so lange es hell bleibt. Wir sitzen an einem weiß gedeckten Tisch, meine Frau zwischen den beiden ‚heiteren Lords', den Landeshauptmännern, ich zwischen ihren Damen. Jetzt sinkt drüben auf der anderen Seeseite endgültig die Sonne als eine orangerote Rundscheibe mit einem hellgoldenen Rand. Aufs Dach trommelt immer noch der Regen. Immer noch werden Donnerschläge von Böllerschüssen beantwortet, welche die Fenster zittern machen. Während ich auf diese und auf das Gespräch lausche, bin ich wieder, wie von rauschenden Mühlbachwirbeln, von gleichzeitigen Bildern und Gesichten überflutet, die gar nicht hierher gehören. Deshalb mögen sie hier stehen.

III

Von heimlichen und unheimlichen Gewässern

Gewässer durchraunen die Erde, sie wissen von ihrem Alter, und vom Ursprung des Lebens. Quellen, Brunnen und Bäche, Flüsse und Ströme, Tümpel, Teiche und Seen begründen nicht nur die Fruchtbarkeit einer Landschaft, sondern ihr Gleichmaß, ihr proportionales Verhältnis zur Gesamtheit der Erdoberfläche, ihre tiefere Schönheit. Das Meer, mit seiner übermächtigen Größe, kann die Seele aufwühlen, aber auch vernichten, erschlagen, und es verlangt immer Bereitschaft zu Abwehr und Widerstand, zu Irrfahrt, Wagnis, Triumph oder Untergang. Die Wüste ist tödlich und beklemmend, selbst in ihren erhabenen Lichterspielen.

Nichts wirkt so trostlos, wie eine Gegend, in der zu bestimmten Zeiten die Fluß- und Bachbette ausgetrocknet sind. Nichts so verlockend, zu Bleibe und Besinnung einladend, wie eine Landschaft mit natürlicher Bewässerung, in der stark strömende Bäche oder Flüsse, und tiefe, klare

Seen auf Sand- und Kieselgrund, mit sumpfig-vermoorten, stehenden, durch Erdquellen und Regen mäßig gespeisten Flachwässern den Wechsel halten.
Solche stillen, untiefen Gewässer sind reicher an Pflanzenwuchs und animalischem Leben. Auch ihre Verdunstung, Dünstung, Durchwesung, ist sinnlich stärker spürbar, riechbar, in Duft oder Fäule, und ihre Geräusche, Laute, Stimmen sind anders, eindringlicher oft und fremdartiger als das Rieseln, Gluckern, Murmeln der Bäche, das Rauschen der Flüsse, das Uferplätschern, Wellenklatschen der Seen.
Allen aber, den hellen oder trüben, den lauteren oder stilleren Gewässern, ist – außer der Lieblichkeit und der Erquickung – ein Geheimnis eigen, ein Hauch von dämonisch-nymphischer Anziehungskraft, die der erotischen wesenhaft verwandt ist.
Immer fühlte ich mich von den kleineren, still vor sich hinbrütenden Tümpeln oder Teichen in besonderer Weise angesprochen. Ein Waldweiher, von Schilfbärten umflüstert, an den Ufern von Wasserlinsen verschleimt, von Algen durchweht, da und dort mit den breiten Blättern der Seerosen bedeckt, versetzte mich schon

als Kind in hohes Entzücken, ich war schwer davon wegzubringen. Später durchforschte ich mit nimmersatter Neugier jede Lache nach Laich, Kaulquappen, Amphibien und Insekten. Ein Wassertropfen unterm Mikroskop erweckte in mir ganze Wolkenzüge von biogenetischen, kosmologischen Vorstellungen und Gespinsten. Am liebsten hätte ich mein Leben solcher Forschung gewidmet. Ich schrieb auch in meinen Anfängen eine ‚Geschichte vom Tümpel', eine Erzählung, in der keine Menschen vorkommen, und die heute noch lesbar ist, – nur müßte ich sie in einigen Punkten, zum Beispiel was die Metamorphose und das Verhalten von Libellenlarven oder die Fortpflanzung des Feuersalamanders anlangt, zoologisch korrigieren.

In der Henndorfer Landschaft, von allen Spielarten des feuchten Elementes belebt, wimmelte es von Fundorten für diese Passion, und sie bildeten oft die Ziele meiner Streifzüge. Ganz besonders hatte es mir ein größerer, flacher Tümpel mit nußbraunem, schlammdurchwölktem Wasser angetan, er lag ziemlich weit, mindestens eine Stunde, vom Ort weg, an einem kaum jemals begangenen Weg, der eigentlich nur aus einer begrasten Radspur bestand, irgendwo

zwischen Kienberg und Lichtentann. Einmal, es war im Frühjahr 1932, nahm ich beide Kinder dorthin mit, ich trug ein Fangnetz und jeder von uns ein mit Tragschnüren versehenes Einmachglas. In meinem Schlaf- und Arbeitszimmer hatte ich geräumige Aquarien mit gesiebtem Feinsand, Torfmull und Wasserpflanzen eingerichtet, für die ich Beute suchte. Es gab in diesem Tümpel, der immer von Ringelnattern, manchmal sogar von einer Würfelnatter umlauert war, außer den verschiedenen Kröten-, Unken- und Froscharten, die kleinen und großen Teichmolche, deren Männchen jetzt noch im Hochzeitskleid mit dem gezackten Kamm prangten, den schönen Bergmolch, mit dem ziegelroten Bauch und dem ockergelben Meanderband auf dem Rücken, Libellenlarven und Köcherfliegen, Rückenschwimmer, Gelbrandkäfer, Daphnien, Pferdeblutegel – kurz, alles was das Herz begehrt.
Da es recht warm war, trug ich nur kurze Lederhosen und Socken, – diese waren samt den Haferlschuhen rasch ausgezogen, dann stieg ich, vorsichtig, um kein Tier zu vergrämen, mit nackten Beinen in den kühlen, weichen Schlamm. Keinerlei innere Stimme warnte

mich, daß dies vielleicht der letzte Tümpel meines Lebens werden könne. Die Kinder schauten zu, und reichten mir die Gläser, wenn ich einen Fang gemacht hatte. Nach kurzer Zeit hatte ich beisammen, was ich wollte: darunter ein hochträchtiges Bergmolchweibchen. Diese setzen keine Eier und keinen Laich ab, sondern bringen lebendige Junge zur Welt, ich hatte mir dafür ein besonderes Aquarienglas vorbereitet und freute mich auf die Beobachtung.
Als ich an Land stieg, bemerkten wir, daß mein rechter Fuß blutete, auf der Innenseite unterhalb des Knöchels. Ich hatte wohl gemerkt, daß ich auf irgendetwas getreten war, aber in dem mehligen Schlamm kaum einen Schmerz verspürt. Jetzt konnte man auch sehen, woran ich mich verletzt hatte: es war ein rostiger Radreifen, der im Schlamm versunken war und mit einer Seite etwas herausragte. Nun gab es in der Nähe einen klaren, stark fließenden Waldbach. Das Blut laufen lassen und dann die Wunde mit verhältnismäßig sauberem Wasser auswaschen, war das einzige, was ich im Augenblick tun konnte. Ich legte dann einige große Huflattichblätter auf den Schnitt,– die Bauern sagten, das ‚ziehe das Gift heraus', und man

weiß nie, ob sie nicht recht haben, – band mein Taschentuch drum, und stieg wieder in den Schuh, – denn wir hatten die weite Strecke vor uns, über steinige Landwege. Auf dem Heimweg kamen wir an den Weilern Ölling und Breiing vorbei, und an dem entzückenden Kirchlein St. Brigitta. Um meinen schmerzenden Fuß zu vergessen, erzählte ich den Kindern im Gehen, was ich von Carl Mayr über St. Brigitta gehört hatte: dort war bis vor kurzem eine seltsame Drahtleitung vom Glockenstuhl des Kirchturms bis zum Fenster des gegenüberliegenden Küsterhauses gehangen. Der Küster war nämlich, so erzählte Carl Mayr, zu faul gewesen, um jeden Morgen Schlag fünf in die Kirche hinüberzugehen und die Glocke zu läuten, – so hatte er sich diese Leitung angelegt und mit seinem großen Fußzeh verbunden, mit dem er dann nur eine Zeitlang zu wackeln brauchte, dann begann die Glocke zu schwingen, und er konnte sich noch ein Stündchen aufs Ohr legen. Eines Morgens aber kam um diese Zeit eines jener plötzlichen, heftigen Gewitter dahergebraust, und der Blitz fuhr in den Turm und an der Drahtleitung herunter bis in die große Zehe des Küsters. Der zog sich vor Schreck das Federbett über den Kopf und schrie so laut, daß die Leute in Ölling glaubten, er verbrenne bei lebendigem Leib. Der Blitz hatte ihm aber nur die große Zehe gelähmt, also konnte er, wie der Küster folgerte, nicht vom Teufel geschleudert worden sein, sondern direkt vom Lieben Gott, als eine Warnung gegen Bequemlichkeit. Von da an ging er wieder um fünf in das Kirchlein hinüber und zog das Glockenseil mit der Hand.

Auch gab es damals noch den Brauch, daß die verheirateten Frauen der Umgebung sich am Pfingstmontag bei St. Brigitta trafen, wo für diesen ‚Weibertag' ein paar Buden aufgeschlagen waren, und wo sie miteinander auf ihre Männer schimpfen konnten und Met tranken, – der wurde in Breiing aus gegorenem Honig gebraut und galt schon bei den alten Germanen und Kelten als ein höchst anregendes Getränk. Sie zogen dann singend heim.

Unter solchen Reden kamen wir schließlich nach Hause, die Wunde an meinem Fuß hatte entzündete Ränder und klopfte ein wenig. Für Jod war es eigentlich zu spät, aber ich hatte außer diesem nur Sublimattabletten und -pulver sowie reinen Alkohol und essigsaure Tonerde im Haus. Ich tat also was ich konnte, und dachte, den Rest wird ein tüchtiger Schnaps und ein guter Schlaf besorgen. Als ich ins Bett ging, liefen schon rote Streifen am Bein hinauf, und der Wundschmerz breitete sich immer mehr aus. Ich erneuerte den feuchten Verband und versuchte zu schlafen, verfiel wohl auch in einen gewissen Dämmer, aber plötzlich wurden die Molche, deren leises Glucksen beim Auftauchen ich von den Aquarien auf dem Fensterbrett hörte, riesengroß und schwammen überall in der Stube herum, mein Kopf glühte, und ich klapperte im Fieberschauer mit den Zähnen. Das Bein war bis zum Knie dunkel angeschwollen.

Es war klar, daß man einen Arzt brauchte. Nun hatten wir in der ganzen Henndorfer Zeit kein Telefon im Haus, – an sich ein glückseliger Zustand, aber für Notfälle ungeeignet. Meine Frau mußte zum Postamt laufen, wozu sie sich die Köchin mitnahm, denn es ging durch die nächtlichen Wiesen und am Kirchhof vorbei . . . Die Post schloß um sechs, aber sie konnte den freundlichen Postmeister wecken, der im Posthaus wohnte, und in Nachthemd und Zipfelmütze erschien, um die Kurbel zu drehen, – ein

Gespräch mit Salzburg ging damals noch übers Fernamt. Wir kannten, da wir notorisch gesund waren, dort keinen Arzt, außer dem Kinderarzt Dr. Roth, mit dem wir auch freundschaftlich verkehrten. Dieser nahm sofort ein Taxi und ratterte damit bis zur Wiesmühl hinunter.

Dann blieb er die ganze Nacht. Glücklicherweise hatten wir ein Jahr vorher, aus den Tantiemen des ‚Hauptmann von Köpenick', nicht nur ein Badezimmer, sondern auch einen großen Frigidaire installiert. Er hatte zwar nur eine Lade für Eiswürfel, aber wenn man ihn ganz hoch stellte, produzierte er diese ziemlich schnell. Ununterbrochen packte mir Dr. Roth Eisbeutel auf den Fuß und das Bein, – was er zur Desinfektion benutzte, weiß ich nicht mehr. Ich hatte hohes Fieber, fühlte mich aber sonst ganz wohl, die Kälte linderte den Schmerz, ich verlangte Schnaps gegen den Frost. Dr. Roth meinte, der könne uns beiden nicht schaden.

Als es dämmerte, machte meine Frau unseren kleinen Ford startbereit (auch den verdankten wir dem ‚Köpenick'), der Dodey war alarmiert, ich wurde verladen.

Im Spital der Barmherzigen Brüder machte der

St. Brigitten

om

Chefarzt, Dr. von Rauchenbichler, ein bedenkliches Gesicht.
„Sie haben sich da eine recht schlimme Phlegmone geholt“, sagte er, „die Eisbehandlung des Dr. Roth hat Ihnen vielleicht das Leben gerettet.“
Er betonte das Wort ‚vielleicht‘. Ich bat ihn, ganz offen zu reden. Er sagte nach kurzem Zögern–: wenn man ganz sicher sein wolle, daß die Blutvergiftung nicht weitergeht und in den großen Kreislauf kommt, müsse man das Bein am Knie amputieren. Ich brauche mich aber nicht sofort zu entscheiden. Das Fieber sei gesunken, es gäbe eine Chance, daß die Sache zurückgeht, – doch mit Gewißheit könne er das nicht sagen. Er gab mir eine Spritze, und schlug vor, bis gegen Mittag zu warten. Er lasse inzwischen den Operationssaal – für jeden Fall – vorbereiten.
Ich machte mir nicht viel Sorgen an diesem Vormittag. Ich spürte in allen Fasern, wenn auch noch ohne medizinische Bestätigung, daß die Krise überwunden sei. Um elf kam Dr. Rauchenbichler und strahlte, als er die Wunde ansah: „Sie haben Glück gehabt. Es genügt, wenn wir die Wundränder gründlich ausschneiden,

das wird mit Lokalanästhesie gemacht. Es besteht keine Lebensgefahr mehr, und Sie können Ihr Bein behalten."

Ich war jetzt schon so übermütig, daß ich bemerkte, ich wäre vielleicht ein ganz origineller Veteran mit Holzbein geworden, und hätte erzählen können, ich hätte den Fuß nach einem Schiffbruch im Kampf mit einem Menschenhai verloren. „Mit einem Molch", sagte meine Frau erbittert.

Ich bin seitdem nie mehr barfuß in einen Molchtümpel gestiegen.

Im Spital der Barmherzigen Brüder verbrachten wir dann eine höchst lustige Zeit. Nach einer überstandenen Gefahr ist man ja zu besonderer Heiterkeit geneigt. Ich lag mit erhöhtem Bein in einem geräumigen Zimmer, das eigentlich für drei Patienten eingerichtet war, und in dem auch drei Betten standen. Eines davon bezog meine Frau, – obwohl das eigentlich nicht statthaft war, denn die Männerabteilung des Spitals lag im Kloster, wenn auch nicht innerhalb der Klausur. Aber der charmante Chefarzt hatte uns das ermöglicht. Auch die Krankenpflege und das Aufräumen der Zimmer wurde von Klosterbrüdern besorgt. Das Essen war klösterlich, – es gab dort nur magere Mönche, keine dicken, wie Grützner sie mit einem weißen Lichttupfen auf den Backen so gern gemalt hat. So ging meine Frau täglich in Salzburger Geschäfte oder Wirtschaften, um das farblose Menü zu kolorieren, auch mußte sie zweimal am Tag mit ihrer großen Tragtasche ausgehen, um die notwendigen Flaschen herzuschleppen, – ein Gang hätte den Bedarf nicht gedeckt. Denn da in Spitälern schon um sechs genachtmahlt wird, hatten wir lange Abende, und es kam manchmal ein Besuch. Der junge Augustiner in seiner schwarzen Kutte, der auf der Abteilung Dienst machte, errötete anfangs, wenn er meine Frau im Morgenrock sah. Da dieser aber sehr lang und hoch geschlossen war, gewöhnte er sich bald daran und lächelte nur. Er sah nett und unschuldig aus, wie man sich das von einem jungen Mönch vorstellt. Die Flaschen vor ihm zu verstecken, war nicht schwer, da meine Frau ihren eigenen Kleiderschrank hatte; zum Problem wurde es, als ich nach einer Woche heim durfte, wie wir die vielen leeren Flaschen herausschaffen sollten, denn wir wollten keinen schlechten Eindruck hinterlassen. So ließen wir uns eine leere Bücherkiste kommen, mit dem

Aufdruck eines wissenschaftlichen Verlags, und genug Holzwolle und Zeitungspapier, in das wir die Deliktgegenstände sorgfältig einrollten, damit sie beim Abtransport nicht klirrten. Die Mönche mußten denken, ich hätte bei diesem Aufenthalt an Gelehrsamkeit beträchtlich zugenommen. Das hatte ich eher an Gewicht.

Das heimlichste und freundlichste Gewässer in der Henndorfer Umgebung war der Ringteich um die Insel beim Gut Altentann, das früher von der Familie Mayr, später von dem bekannten Arzt und Wissenschaftler Dr. Wehrle aus Salzburg bewirtschaftet wurde.
Die Insel lag außerhalb des Gutshofs, es soll darauf vor langer Zeit ein Schloß gestanden haben, den Grafen von Altentann gehörig, denen die Henndorfer Gerechtsame unterstand. Jetzt war die Insel von Büschen und Bäumen bewachsen, an welchen das duftende Waldgeißblatt rankte, und von dem ehemaligen breiten Burggraben kreisrund umschlossen. Nur ein kleines Holzbrückchen führte hinüber. Das Wasser wurde von einem Quellchen frisch gehalten, das mitten auf der Insel entsprang und sein Gerinsel in den Graben schickte. Da selten ein

Mensch hinkam, war die Insel ein idealer Nistplatz für alle möglichen Vogelarten. Mich zog der Wassergraben besonders deshalb an, weil in seinem Hang, zwischen den Baumwurzeln, ein Eisvogelpärchen seine Bruthöhle in die Erde gebohrt hatte. Man sah sie wie große, fliegende Türkise niedrig über den Teich flitzen, um kleine Fische oder Wasserinsekten zu jagen.

Auf dieser lieblichen Insel hatte der große Bräuherr und Gutsbesitzer Kaspar Moser, noch im ersten Jahrzehnt des Jahrhunderts, seine berühmten ‚Götterfeste' veranstaltet. Carl und Richard Mayr wußten aufs köstlichste davon zu erzählen. Die ganze weitverzweigte Familie, größtenteils aus dem Brauerei- und Gastwirtsgewerbe, wurde zu solchen Gelegenheiten aufgeboten. In Kaspar Mosers ‚Römischer Villa' wurde sie altgriechisch eingekleidet und dann auf Bierwagen, mit kräftigen Pinzgauer Rössern bespannt, nach Altentann gefahren. Er selbst, der Herr Bräu, pflegte als Zeus zu kommen, Carl Mayr natürlich als Apoll in plissiertem Chiton, Richard mußte sich zwischen Orpheus und Dionysos entscheiden, zog aber dann den letzteren vor, „weil der auch soff". Für Hera, Aphrodite, Athene, Artemis und die Musen standen hinlänglich Tanten, Cousinen und Nichten zur Verfügung, füllige und schlanke, je nach der mythologischen Vorlage. Statt der Lyra wurde die Zither geschlagen, und die Olympier überboten einander in ländlichen Gstanzln, die einen Aristophanes hätten erröten lassen.

Auch floß der Nektar in Strömen. Wenn dann die Hera einen Rausch hatte und ins Wasser fiel, oder wenn sich Artemis und Aphrodite wegen eines jungen Kaplans in die Haare gerieten, den man ‚Seine Nixwürden' nannte, so waren das Höhepunkte der Lustbarkeit, über die man sich nach Dekaden noch amüsierte.

Doch hatte auch dieser bukolische Zauberteich seine schwarze Magie. Eines Morgens, zu unserer Zeit, fand man darin die Leiche eines der Waldbauern. Er mußte nachts auf dem Heimweg zu seinem abgelegenen Hof hineingestürzt und ertrunken sein, – obwohl der Graben nicht tiefer war, als daß ein Mann darin hätte stehen können. Mag sein, daß die Finsternis, der Schreck, der moorige Grund ihn verwirrt hatten. Im Dorf wurde allerlei geredet, aber in einem Dorf wird stets allerlei geredet. Da der Tote sonst unverletzt war, begnügte sich das

Gericht mit der Feststellung, daß er vorher drei Wirtshäuser besucht hatte.
Ein anderer stiller Teich lag hinter der ‚Vogeltenn', einem langgestreckten, buschigen Wäldchen, zwischen den Höfen von Guggenwinkel und der Landstraße. Nur ein schmaler Feldweg führte vorbei, er war weder von der Straße noch von einem Hof aus zu sehen. Von verknorzten, niedrigen Weidenstrünken umstellt und stets von einer leichten Dunstschicht überschwebt, machte er mit seinen sumpfigen, schilfigen Ufern einen düsteren, melancholischen Eindruck. Die Bauern gingen dort ungern bei Dunkelheit vorbei, man sprach von Irrlichtern und unheimlichen Stimmen.
In einer Herbstnacht führte ein junger Knecht, – er war aus einem anderen Ort und arbeitete bei einem Henndorfer Bauern, – seine Geliebte dorthin, die selber als Bauernmagd diente, und von ihm schwanger war. Er muß sie umgeworfen und so lange mit dem Kopf unter Wasser gehalten haben, bis sie tot war. Dann ging er ins Bräu und trank die ganze Nacht, – man hat, wie es hieß, nichts Ungewöhnliches an ihm bemerkt, – er trank nur vor sich hin und am Morgen holte ihn die Polizei ab. Was für ein

Mensch war er? Niemand wußte es. Doch mußte ich, wenn ich später, ums Dämmern oder im Nebel, an jenem Teich vorüberkam und das Zirpen und Schwätzen eines Schilfrohrsängers, das Knarzen der Grasfrösche und das Unkenläuten hörte, immer an Büchner denken, und an Alban Berg.

Das Baden und Schwimmen im Wallersee war im Sommer ein Labsal, – mir wurde er in den heißen Monaten manchmal zu warm, aber die salzburgischen Gewitter und Regentage kühlten ihn bald wieder ab. Die Seeufer waren damals, bis auf den kleinen Ort Zell, mit Bahnstation, auf der anderen Seeseite, und vier weit auseinander gelegene Fischerhäuser, noch völlig unbebaut. Badehütten gab es auf der Henndorfer Seite, von Südwest bis Nordost etwa zehn Kilometer lang, nur zwei, die Richard und Carl Mayr gehörten, auch diese in gegenseitiger, respektvoller Distanz, – der eine konnte den andern von seinem Platz aus nicht einmal singen hören. Später kam dann die meine dazu, noch weiter von den beiden anderen entfernt, in der Nähe des Roiderfischers. Das kleine Bretterhäuschen, in dem es einen Divan und an der

Wand ein Schreibebrett zum Hochklappen gab, lag unter Waldbäumen versteckt, der Steg ging weit hinaus bis ins tiefere Wasser, mit einer Treppe zum Abschwimmen.

Unsere Seeküste war durchweg stark bewaldet und fiel stellenweise steil ab, die Westseite des Sees war Flachland mit ausgedehnten Mooren. Man sah gegenüber, beim Einfluß eines Baches, nur das Steinhaus des sogenannten Pragerfischers, – auch das in flimmernder Entfernung. Auf unserer Seite bestand der Seegrund aus Kieseln, zwischen denen viele Entenmuscheln lagen, doch hatte das Wasser, trotz seiner damaligen Klarheit, einen gewissen Moorgehalt, der es besonders weich und angenehm machte. Der See war sehr fischreich, an den Ufern flitzten die kleinen, grünlich schillernden Weißfische herum, und beim Roider konnte man sich oft einen kräftigen Schill, anderswo Zander oder Fogosch genannt, oder einen Seelachs holen. Den Waller, auf hochdeutsch Wels, der in der Donau häufig ist, gab es nicht in dem See. Sein Name soll von den ehemaligen keltischen Bewohnern, den Walen oder Wälen, herstammen.

Fast noch schöner als die Badestunden waren

für mich die Wanderungen am See entlang, von einer Bucht zur anderen, durch hohen Mischwald, in dem man im Frühling und Frühsommer den Pirol flöten hörte, und manchmal sein goldenes Gefieder mit den schwarzen Schwingen in einer Buchenkrone sah. Etwa in der Mitte dieser Seeküste gab es einen kleinen Isthmos, fast bis zu seiner Spitze bebuscht und bewaldet, nach einem dort aufgestellten alten Bildstock, die ‚Marieninsel' genannt. In dieser Gegend fand man im Vorfrühling Morcheln, im Frühherbst Reizker und Eierschwämme, – auch wilde Maiglöckchen, Waldhyazinthe und Frauenschuh blühten in ihrer Jahreszeit. Nah bei der Marieninsel, von Fichten und Tannen gesäumt, lag eine große Wiese, auf der ein brüchiger, wenig benutzter Heustadel stand. Dort übernachteten und hausten manchmal Zigeuner, Scherenschleifer und andere anziehende Gestalten. Die Stadelwände waren mit Gaunerzinken bekritzelt, wie mit vorzeitlichen Runen.
Einmal hat mich der Wallersee die Empfindung der Todesangst kosten lassen, die ich allerdings im ersten Weltkrieg gründlicher und auf härtere Weise erfahren hatte. Das war nach einer Sommernacht, die ich mit Billinger, im Anschluß an

die Aufführung seines ‚Perchtenspiels', und mit den Schauspielern in Salzburg durchgefeiert hatte. In der Frühe waren wir beide betrunken, glaubten aber, als wir schließlich bei Sonnenaufgang zurück nach Henndorf kamen und gleich zum See hinuntergingen, wieder nüchtern zu sein. Nach einem Kaffee und einem guten Frühstück wären wir es auch gewesen, aber das Schillern des Sees in den ersten Sonnenstrahlen und der Duft des Wassers machte uns völlig toll. Billinger schlug vor, wir sollten zum Pragerfischer hinüberschwimmen, auf dessen Seeseite schon die volle Sonne lag, dort etwas rasten und wieder zurückschwimmen. Ich war sofort einverstanden, und das Hinüberschwimmen im kühlen Wasser war ungemein erfrischend, schien den Schlaf zu ersetzen. Drüben bemerkten wir erst, daß wir keine Badhosen angezogen hatten, und die Frau des Pragerfischers stand mit ihrer Tochter am Ufer, wusch die Reusen aus. Wir konnten also weder dort einkehren, wo es einen stärkenden Vogelbeerschnaps gegeben hätte, noch überhaupt aus dem Wasser heraus. So standen wir eine Zeitlang, bis zu den Hüften im Uferwasser, auf dem leise vibrierenden Moorgrund, und machten uns dann auf die Rückreise.

Der See ist dort ziemlich breit, ich kann mich an die Kilometerzahl nicht erinnern. Aber in Seemitte begann das Wasser plötzlich vor meinen Augen zu flirren, als sprängen überall kleine Sprudel oder unzählige Fischköpfe hervor, gleichzeitig wurden meine Arme eiskalt und eine meiner Waden begann sich zu verkrampfen. Das Gefühl in Kopf und Magen war so, wie es von Reisenden als Seekrankheit beschrieben wird, die ich trotz vieler Meerfahrten nie gekannt habe.

Ich glaube, daß ein Mensch in einer solchen Lage überhaupt nichts denkt. Doch findet wohl, ohne daß man es weiß, ein innerer Kampf statt: zwischen der Erschlaffung, die einfach aufgeben möchte, nur damit die Not ein Ende hat, und dem Lebensdrang. Bei gesunden Menschen siegt der letztere gewöhnlich. Auch ist die Angst, die mich jetzt furchtbar gepackt hatte, ein Ausdruck und Motor des Lebenwollens. Ohne bewußtes Denken wußte ich ganz genau, daß ich jetzt keinesfalls den Mund aufmachen, um Hilfe rufen dürfe. Das wäre das Ende gewesen, nicht nur wegen des Wasserschluckens. Ich konnte jetzt das Ufer, auf das wir zuhielten, nicht mehr sehen, nur noch ein wolkiges Gebrodel, aber ich sah in immer größerer Entfernung Billingers braungelockten Kopf wie eine Kokosnuß auf der Flut, und die gemächlichen Ruderbewegungen seiner großen Arme. Er war, trotz seiner Riesengestalt, ein schreckhafter, ängstlicher Mensch, der sogar zu Ohnmachtsanfällen neigte. Hätte ich nach ihm geschrien, wären wir beide ersoffen. Instinktiv drehte ich mich auf den Rücken, und ließ mich treiben, tief durch die Nase atmend. In dieser Haltung gelang es meinem Körper, – nicht mir, – die Notdurft ins Wasser zu verrichten. Sofort legte sich das Gefühl der Übelkeit und des Schwindels, und damit die würgende Angst. Vielleicht ging Westwind, oder es gab eine östliche Strömung im See: als ich wieder sehen konnte, war ich dem Ufer nähergekommen, nicht abgetrieben. Der krampfige Schmerz in der Wade hatte aufgehört, auch die Arme durchwärmten sich, ich konnte wieder schwimmen, und tat es ohne Hast. Als ich landete, war mir ganz wohl. Erst jetzt bemerkte ich, daß Billinger am Ufer zusammengesackt war, er sah grünlich aus und übergab sich gerade. Aber mir grauste jetzt vor nichts mehr. Ich dachte nur noch an zwei weich gekochte Eier und an frisches Brot.

Quellen, Brunnen und Bäche sind, in den Märchen, von Nymphen belebt, woran ich nie zweifelte. Nur bleiben sie im allgemeinen unsichtbar. Aber ich bin am Wallersee einer wirklichen Nymphe begegnet, in the flesh, wie es auf englisch heißt.

Wie schon erwähnt, hatte ich in den ersten Henndorfer Jahren noch keinen eigenen Badeplatz. Ich hatte mich mit Carl Mayr geeinigt, daß ich in den Vormittagsstunden zwischen elf und eins, wenn er im Wirtshaus beschäftigt war, den seinen benutzen durfte. Er ging dann am Nachmittag hin, und liebte besonders die Stunde, wenn die Sonne hinter dem Buchberg drüben, den wir seiner Form wegen den Fushijama nannten, unterging.

Als ich eines Morgens herunterkam, saß auf dem Badesteg ein nacktes Mädchen. Sie hatte nur ein Handtuch über den Schoß gelegt, sonst war sie völlig unbekleidet. Eine Schwimmhaube lag neben ihr, ein Dirndlkleid und etwas Wäsche hing über dem hölzernen Geländer. Dunkelblonde Locken fielen auf die Schultern. Ihre seidige Haut und die jugendlich hohen Brüste waren von glitzernden Wassertropfen beperlt. Sie hatte ein Knie hochgezogen und die Arme darum gelegt, das andere Bein hing vom Steg herunter, die Zehen spielten im Wasser, sie schien auf den See hinauszublicken.

Ich kannte dieses Mädchen, wenn auch nicht persönlich. Sie war eine der Verkäuferinnen in dem Salzburger Wäschegeschäft Palmers, und mir von einem Einkauf, ihres schönen Gesichtes wegen, in Erinnerung. Die jungen Damen bedienten dort in hochgeschlossenen, sattgrünen Kleidern. Daß sie jetzt, vom Widerschein der Sonne in den Wellen umspielt, hüllenlos und in göttlichem Gleichmut hier saß, war einfach übernatürlich.

Heutzutage wäre ein solcher Anblick wohl kaum mehr überraschend, auch heißt es, daß die Frauen in Schweden schon immer so badeten. Damals, und noch dazu im Salzburgerland, war so etwas, zum mindesten, nicht alltäglich.

Ich stand noch zwischen den Uferbüschen und ‚verhoffte', wie ein erschrecktes Wild. Es war ein entzücktes Erschrecken. Eine Sekunde lang gingen mir die Namen französischer Maler durch den Sinn, Courbet, Renoir – dann dachte ich nur noch daran, wie ich mich lautlos zurückziehen könne, um sie nicht in Verlegenheit zu bringen. Aber in diesem Augenblick wandte mir das Mädchen ihr Gesicht zu. Sie mußte mich gleich bemerkt haben. Ihre Haltung blieb völlig unverändert, – kein Zusammenzucken, kein rascher Griff nach den Kleidern. Auf ihrem Gesicht lag ein klares, offenes Lächeln. Dieses Lächeln war ohne jeden Anflug von Koketterie, – es war ein ganz ruhiges, gelassenes, – fast unmenschliches Lächeln. Wenn eine Libelle, ein Schmetterling, eine Seerose lächeln könnte, wäre es etwa so.

Mein Freund Alexander Lernet-Holenia hätte genau gewußt, was der Kavalier in einer solchen Situation sagt oder tut. In seinem Bootshaus saßen öfters nackte Damen. Ich wußte es nicht, – und ich sagte schließlich das Primitivste, das mir über die Lippen kam, nämlich: „Darf man hier auch baden?"

„Warum net", antwortete das Mädchen, ohne Bewegung, und mit dem gleichen, klaren Lächeln, – „Die Welt gehört allen Leuten."

Das war das Wort, – und nur eine Nymphe konnte es sprechen.

Ich wußte jetzt auch ihren Namen – Melusine –!

Als ich an diesem Abend ins Bräu kam, setzte sich Carl Mayr allein zu mir an den Tisch.

„Stell dir vor“, sagte er, – „wie ich heut um fünf zu meinem Badhäusl komm, sitzt da das Palmersdirndl, das schöne, ganz nackert.“

„Ach“, – sagte ich, wirklich überrascht und ein wenig enttäuscht.

„Es hat geglaubt, der Badeplatz gehört einem Salzburger, der nur sonntags kommt. Ferien hats, un is halt gern allein.“

„So“, sagte ich, „Und was war dann?“

„Dann hat sichs rasch angezogen, un is fortgangn“, sagte Carl.

„Sonderbar“, sagte ich.

Er hatte nicht gemerkt, daß es eine Nymphe war.

Er hatte Melusine nicht erkannt.

IV

Nach dem letzten Donnerschlag dröhnt der letzte, gewaltige Böllerschuß: die Schützen haben gesiegt!

Der See ist durchs Fenster jetzt nur noch wie ein dunkles Leuchten zu sehn. Im Gästehaus werden die Lichter angedreht. Die Stimmung in der Stube hat sich zur Ausgelassenheit gesteigert. Alles redet und lacht durcheinander, doch höre ich, wie die Riedermüller Rosl, die mit ihrem Mann und dem Roiderfischer an einem anderen Tisch sitzt, leise zu singen anfängt. Ich gehe hinüber, um sie zu ermuntern: Das „Überführn"! Die Seelieder! Der „Häuslmoa"!

Da hebt sie an, aus voller Kehle, und der Roiderfischer, immer noch mit der kraftvollen, metallischen Naturstimme, fällt ein:

„Überführn, Überführn,
Schreit die kla Fischerdirn –
Überführn, Überführn
Schreit die kla Dirn.
Schau wie der Fisch aufschlagt,
Aner den andern jagt,
Geh Bu fahr mi –
Geh Bu fahr mi – !"

Herrndorf an

So geht es hin im Wechselgesang der Volksweise, bis dann die Schluß-Strophe den bekannten, doch immer wieder verblüffend unverblümten und deftigen Akzent setzt. Ich glaube, den kennt man nur am Wallersee.

Soweit ich mich an den Text erinnere, versuche ich mitzusingen, aber das ist bei solchen Stimmgewalten wie ein Grillenzirpen gegen ein Löwengebrüll, wie das Wispern einer Mundharmonika gegen die Salzburger Domorgel.

Immer wieder fällt einem von uns ein anderes ‚altes Lied' ein, wir möchten endlos weitersingen, aber draußen sind die Schützen und die Musik zum Abmarsch angetreten, und für uns steht ein Wagen bereit, – das Fest, – das eigentliche, richtige Fest, zu dem die Schützen geladen haben, soll jetzt erst beginnen.

Worin besteht das Wesen eines echten Volksfestes? Ich glaube, vor allem in seiner Freiwilligkeit. Wohl können Volksfeste aufspringen zu dekretierten Anlässen, wie ehemals zu einer Kaiserkrönung, wenn der ‚Wein aus den Brunnen floß', zu Triumph- oder Geburtstagen von Fürsten, Feldherren, Diktatoren, sogar Präsidenten, – welche das Volk seinerseits in Besitz nimmt und zu götterähnlichen Symbolgestalten macht. Diese verblassen und verschwinden dann wieder mit ihrem Abstieg, ihrem Sturz, mit dem Verklingen ihrer historischen Stunde. Volksfeste aber bleiben bestehen und wiederholen sich zu aller Zeit, sie trotzen der Geschichte und der Vergänglichkeit.

Denn sie entspringen aus tieferen Quellen, sie sind kultischen und magischen Ursprungs, sie entstammen der bäuerlichen, auch noch der handwerklichen Welt, in welcher Zünfte und Standesverbände feiern, – sie verflachen mit der Normierung durch die Geschäftigkeit, so wie das Münchner Oktoberfest heute ein Betrieb ist, und früher ein Gaudi war.

Der ländliche Alltag, das Bauernleben ist hart, der Ertrag ist ungewiß, der Gewinn ist schwankend, nur die Mühsal bleibt immer gleich.

Doch setzt noch die magerste Ernte, der wetterwendischste Frühling, der launischste Herbst, der Aufgang des Sterns am kalten Winterhimmel die Zeichen des Dankes und der Hoffnung. Dann siegen die Freude und das Lachen, die Geschenke der Schöpfung an die menschliche Natur, über die Fatalität des Lebens und des Sterbens. Das ländliche Fest, das echte Volksfest, von Urzeiten her aus verschütteten

Ahnungsgründen quellend, wird vom Volke selbst gewünscht und freiwillig begangen, – auch wenn es Eintritt kostet . . .
Als wir den großen Saal beim ‚Neuwirten' betraten, war er schon überfüllt. Es ist der größte Saal, der in Henndorf zur Verfügung steht, sehr hoch aufgemauert, weißgetüncht, und mit nackten Wänden. Er hat nicht die Anmut des dämmerischen Tanzbodens mit der hölzernen Empore im alten Bräu, aber mehr Platz, mehr Luft, und wenn er von einer festlichen Menge gefüllt ist, ist er so gut wie jeder andere. Jetzt ist er mit Girlanden geschmückt, mit Tischen, Bänken und Stühlen angefüllt, so viele nur hineingehen, sie sind alle schon dicht besetzt, aber es drängen immer noch Leute dazu, und versuchen sich einen Platz zu ergattern; man rückt zusammen, wo es irgend geht, trotzdem stehen dann viele an den Wänden herum oder in Gruppen hinten bei der Schänk. Die Schänkdirnen und -burschen sind voll beschäftigt mit dem Heranschleppen der Bierkrüge, deren Scheppern das Stimmengesumm durchläutet.
Schon aber setzt, mit großem Applaus begrüßt, die Musik ein, bravourös schmettert sie den ‚Kaiserjäger'. Sie hat sich in der Nähe des Ein-

gangs aufgestellt, und ganz hinten, an der rückwärtigen Saalwand ist ein ‚Ehrentisch' freigehalten für die Obrigkeiten und die Festgäste. In der hinteren Ecke rechts gibt es ein kleines Podium, für Darbietungen und Reden, und zwischen dem Gästetisch und den anderen ist Platz für den späteren Tanz.

Es ist so voll, daß wir uns nur langsam zu unserem Tisch durchdrängen können, da und dort von Begrüßungen aufgehalten. Aber den größeren Teil der Feiernden kennen wir nicht, es sind die Jungen, die ‚Heutigen', eine neue Generation. Ich schaue mich überall um, versuche mir klarzuwerden, wie sie aussehen. Viele junge Mädchen und Frauen tragen Dirndlkleider, viele jüngere Männer die Salzburger Landestracht, andere einen Sonntagsanzug, das war schon früher so ähnlich, und trotzdem ist es anders – wodurch? Wenn man über die Menge hinschaut, einzelne Gruppen mustert, so wirken sie weniger ‚bäuerisch' als in unseren Tagen, vielleicht bürgerlicher, mehr wie eine städtische Gesellschaft, oder eine vorstädtische. Sie sind, scheint mir, einfach gepflegter. Das zeigt sich vor allem an der Haartracht. Die meisten jungen Mädchen und Frauen müssen unlängst beim

Friseur gewesen sein, das ist es, und sie sind so frisiert, wie sich eine berufstätige Frau, oder die Tochter einer bürgerlichen Familie, heutzutage zu einem Ausgang und einem Tanzabend frisieren läßt. Die glattgesträhnten Haare, oder die selbstgebrannten Locken, den Haarknoten am Hinterkopf oder den dichten Zopfkranz sieht man nur noch bei wenigen, und mehr bei den älteren. Auch nur bei diesen noch Männer mit offenem Leinenhemd und gewalkter Jacke oder Lederhose. Die jüngeren Männer tragen Krawatten und lange Hosen, man sieht nur vereinzelt Demonstrationsbärte, – alles in allem ist es ein bunter, liebenswürdiger Anblick, und es herrscht eine ungezwungene, vorläufig noch leicht gedämpfte Heiterkeit.

Neben unserem Tisch, an dem wir mit den Holzmeisters und den Gleißners, dem Bürgermeister und dem Landeshauptmann Lechner sitzen, haben die Schützen Quartier bezogen, die Veranstalter und Hauptpersonen des Abends. Sie haben auch im Wirtshaus – wenigstens vorläufig – ihre schönen Federhüte auf, und sind in lockerer Gruppe um ihre neue Fahne geschart, – ich weiß nicht, von wann sie stammt. Die ‚alte' aber, die wir ihnen im Jahre 1932 gestiftet haben, hängt ausgebreitet und von einem Scheinwerfer beleuchtet über dem Podium. Obwohl sie noch nicht zerschlissen ist, hat sie durch die Zeit etwas Altehrwürdiges bekommen, – so als hätte sie einen Krieg mitgemacht . . .

Der Cenz zeigt mir die handgeschriebene Schützenchronik, die um die Mitte des vorigen Jahrhunderts begonnen wurde und heute noch weitergeführt wird. Darin lese ich, aus einem der ersten Jahre des zweiten Weltkriegs, die Eintragung:

„Die zwei vom Herrn Zuckmayer gestifteten Stutzen sollen, wegen den Nazis, nicht mehr bei Festen benutzt werden. Sie werden aber doch abgeschossen, denn sie sind so gut wie die andern, und den Ton kann keiner unterscheiden . . ."

Ein älterer Mann hat auf dem Podium Platz genommen und spielt die Zither, – während die Musik pausiert und sich aus den Krügln labt. Eine gut gespielte Zither klingt immer nach Haydn, fast nach dem jungen Mozart, und er spielt sie gut. Es ist die ‚Bauernharfe'.

Rechts und links von ihm stehen zwei Frauen in alter Tracht, weite Röcke, gestickte Mieder und schöne Seidentücher um Hals und Schultern, aufgesteckte Zierkämme in den Haaren. Sie müssen der mittleren Generation angehören, die wir kaum mehr kannten, sie lagen wohl damals noch in der Wiege. Aber sie singen, wie man damals und immer und ewig auf dem Lande sang und singt, am Rhein, an der Donau und an der Salzach. Sie singen anders, als die Riedermüllerin und der Roiderfischer, – welche singen ‚wie der Vogel singt', mit dem schmetternden Crescendo eines Buchfinkenschlags oder dem Wohllaut des Pirols.

Diese hier singen den Volkston rituell, in gleichmäßiger Stärke, ohne dramatische Steigerungen oder Gefühlsbetonung, doch mit einer Art von hingegebener Andacht, die stets die gleiche bleibt, ob der Inhalt lustig ist oder traurig. Sie singen zweistimmig, in jener klirrenden Terz, in der schon in Mainz die Mädchen an den Küchenfenstern sangen, und die Frau Birckmann mit der Schattauerin, wenn sie in der Wiesmühl die Wäsche wuschen.

Eine lange Volksballade tragen sie vor, mit vielen Strophen, in denen es immer wieder ums Abschiednehmen, Verlassen und Fortmüssen geht, und deren Refrain jeweils lautet:

„– und als er wiederkam im grauen Haar –"

Es klingt sehr wehmütig, aber man wird nicht traurig, keiner von uns. Es ist mehr wie die Begleitung zu einem feierlichen Tanz, in dem sich vorgeschriebene Figuren wiederholen und umkehren. Und es ist schön, wenn man „wiederkommt im grauen Haar“, und es scheint, als sei man nie fort gewesen – für diesen Tag.
Jetzt stimmt die Blasmusik die Melodie des Schuhplattlers an und eine Schar junger Burschen in kurzen Lederhosen erscheint auf der Tanzfläche. Sie dürften zwischen fünfzehn und siebzehn sein, sie sind schlank wie junge Jagdhunde, sehen frisch und sonngebräunt aus. In Vierergruppen stehen sie einander gegenüber, mit lockeren Armen, die Knie ein wenig gebeugt. Nun haben viele Leute, die nicht in Gegenden gelebt haben, wo er herstammt, vom Schuhplattler eine falsche Idee. Man sieht ihn auch öfters, bei Wirtshaus- oder Hotelveranstaltungen, von reisenden Berufstruppen grobschlächtig und kraftlackelig, bieder und plump vorgeführt, mit viel Juchzen, Hinternklatschen undsoweiter.
Was die Henndorfer Jugend zu bieten hat, ist ganz etwas anderes. Das hat federnde Gewandtheit, Rhythmus, Schwung und Eleganz.

Es beginnt mit einem pantherhaften Sich-Umschleichen, – als wisse man noch nicht, wer auf wen losspringen wird, es ist eine lauernde und gleichzeitig fast werbende Ouvertüre. Dann wird der Tanz zum Kampfspiel, wie das der Birkhähne im Frühling, die ja auch Spielhähne heißen, – Zurückweichen und Angriff wechseln miteinander ab, es gibt keine gegenseitige Berührung, doch steigert sich das Tanzspiel, der Spielkampf, mit dem Händeklatschen und dem scheinbaren Zuschlagen, bis zur Hitze des Turniers, um schließlich in graziösen Umdrehungen abzuklingen. So haben die Bu'am in Henndorf früher nicht getanzt, – so habe ich selten junge Burschen tanzen sehen. Der alte Zirkusdirektor in mir sagt: ‚manegereif'. Dabei hat auch dieses Tanzen nichts Einstudiertes, obwohl es durchaus gekonnt, geprobt, geplant ist. Aber man denkt nicht an Regie, oder gar an Dressur. Auch hier wieder das Geheimnis der ‚Freiwilligkeit'.

Es schlägt die Stunde der Reden, – vor der man bei Festen oft ein wenig bangt. Ein Redner, mit oder ohne Papier in der Hand, kann ein Freudentöter, ein Stimmungsmörder werden. Auch kann die schon hochwallende Stimmung, die bacchanalische, einen Redner umbringen, – wenn er sie nicht zu bannen und zu bändigen versteht. Das aber kann kein anderer so meisterlich wie Heinrich Gleißner. Er ist zum Volksredner geboren, – weil er ohne demagogische Ader geboren ist. Er ist das Gegenteil eines Menschen, der den Leuten etwas ein-reden will. Er will überzeugen, aber nicht überreden. Er spricht den Zuhörern aus dem Herzen, weil er sich selbst aus dem Herzen spricht, unverhohlen, freimütig, und mit dem souveränen Humor, in dem sich Wissen und Weisheit vermählen.

Das lärmige Stimmengewirr im Saal legt sich wie von selbst, wenn er zu sprechen anfängt. Man sieht seine klaren, hellen Augen, hört den vollen Ton seines Worts, und man will wissen, was er sagt. Man lacht mit ihm, und man ist von seinem Ernst bewegt, – ja betroffen. Er spricht aus, was mancher gedacht haben mag: nicht immer hatte Henndorf für seine heutigen Gäste ein so freundliches Gesicht. Es gab andere Zeiten, und es gab andere Menschen. Er klagt nicht an. Er erinnert. In diesem Erinnern ist kein Urteil, aber eine Beschwörung, fast ein Gebet: vergeßt nicht, was einmal geschah, und laßt es nie wieder geschehen.

Mit seinem Schlußwort winkt mich seine Hand auf die Tribüne.
Wir haben uns vorher nicht verständigt, – ich wußte nicht, daß und was er sprechen werde, – ich hatte selbst nicht ans Reden gedacht, denn meinen Dank hatte ich früher schon ausgesprochen.
Nun aber hat mir der Freund, ohne geplante Absicht, die Bälle und das Seil zugeworfen, an das ich mich halten und die ich aufgreifen kann. Ich bin von Gleißners Rede im Innersten ergriffen, und fühle mich gleichzeitig in einem Equilibrium der Seele, – in einer Ruhe und Harmonie, wie man sie selten empfindet. Ich weiß, daß es die Wahrheit ist, wenn ich jetzt sagen werde: ich kenne keinen Haß, – und ich kannte keinen Haß, – auch nicht gegen diese, die wenigen, die heute fortgeblieben sind.

Früher begann das Tanzen an einem Henndorfer Festtag anders. Die Musik spielte nicht gleich zum Tanz auf, sondern intonierte zuerst die allbekannte Melodie der dörflichen ‚Gstanzln'. Die Burschen schritten mit ihren Mädchen am Arm, langsam und sich nur leise wiegend, im Kreis um den Tanzboden herum, und bald stimmte der eine, bald der andere, eine jener Gstanzl-Strophen an, deren Dialektworte man oft kaum verstehen konnte, die aber niemals geleiert oder gelallt wurden, sondern fast skandiert, wie altgriechische Verse. Sie enthielten auch manchmal versteckte Drohungen, oder Anrempeleien wie vor den Toren von Ilion, – schon lag die spätere Rauferei in der Luft. Aber wenn dann mit Paukenschlag und Trompetenstoß die eigentliche Tanzweise einsetzte, sprangen die Burschen, sich dabei um sich selbst drehend, mit einem wilden Juchzer in den Tanzboden ein, und rissen dann ihre Mädchen an sich, um im Walzer oder in der Polka mit ihnen herumzuwirbeln.

Jetzt wurden keine derartigen Riten befolgt, die Musik änderte nur ihren Rhythmus von Marsch- auf Dreivierteltakt, und ich fürchtete schon, in Henndorf sei die totale Zivilisation ausgebrochen, – aber die Schützen beruhigten mich: Heut sei es halt feierlich, und es wären auch viele Sommergäste dabei, aber im Winter, bei Hochzeiten und am Fasching ginge es noch zu wie sich's gehört, und es werde auch noch gerauft. Außerdem aber erwarte man, daß wir – meine Frau und ich – den Tanz anführten.

Ich hatte lange nicht mehr getanzt, – ich glaube, meinen letzten Walzer bei einem Bordfest auf irgendeinem Ozeanschiff. Dort gingen die Wogen weniger hoch als hier. Ich mußte Mut schöpfen. Schon hielt der Cenz meine Frau respektvoll umfaßt, schon hatte ich die Riedermüllerin im Arm. Und dann wurde doch gejuchzt, und Walzer gedreht wie eh und je. Die zweite Runde mit meiner Frau, dann schwang ich noch unsere Enkelin und die Prinzessin Hella herum, und dann war mir schwindlig. Wie gut nun der Rotwein schmeckte, der Südtiroler!
Es geht auf Mitternacht. Wir müssen aufbrechen. Im Saal herrscht Turbulenz. Alles drängt sich zum Tanzen. Unermüdlich spielt die Musik.
Ich hatte den Kapellmeister nach einem bestimmten Marsch gefragt, den man früher, in der Zeit seines Vaters, bei Festaufzügen gespielt hatte. Ich weiß nicht, wie er heißt, ich kann ihm nur die Melodie vorsingen. Unter einem hohen Stoß alter und neuerer Notenbücher hat er ihn nun hervorgekramt und die Stimmen verteilt, – er heißt ‚Wallerseer Marine-Marsch', (ich habe nie gewußt, daß es hier eine Marine gab, sie muß

sich gut getarnt haben). Jetzt, zu unserem Auszug, wird er mit voller Kraft gespielt, und klingt so schön und feurig wie einst.
Inmitten des Getümmels, das sich zum Abschied um uns gebildet hat, erwartet mich noch eine besondere, echte Freude. Ich stehe einem Mann gegenüber, der mir ganz bekannt ist, nur kommt er mir, – obwohl er, vielleicht eines Unfalls wegen, am Stock geht, – so jugendlich vor, daß ich frage, ob er ein Sohn des Gaussner Willy sei? Nein, – es ist der Willy selber, und wir drücken uns fest die Hand. Er hat unseren Blumengarten in der Wiesmühl gepflegt, und die Bewässerungsanlage zum Gemüsegarten angelegt. In ihm steckte künstlerisches Talent, er konnte gut zeichnen und malen, – das schlichte Bild, das er von unserem Haus gemalt hat, hängt heute noch in meinem Vorzimmer. Und er war dem Nationalsozialismus verfallen, der damals den Reiz hatte, in Österreich verboten zu sein. Er glaubte, für eine gute Sache zu kämpfen, und war zu jung, um zu wissen und zu verstehen, daß die deutsche Sache in dieser Zeit eine böse war. Es muß sehr bitter und hart für ihn gewesen sein, als er die Wahrheit erfuhr.
Er gehörte nicht zu den Hassern, – und nur zu

Domplatz Salzburg

diesen, ganz gleich welche Farbe sie tragen, gibt es für mich keine Brücke.
Daß auch er heute gekommen war, rundete den Kranz.

Es hat aufgehört zu regnen, die Sterne kommen heraus. Der Wagen gleitet durch die nächtliche Landschaft, Gunda Holzmeister fährt, mir kommt es vor als schwebten wir nach Salzburg zurück, in einem sicheren Segelflug.
Mir fällt ein, daß ich seit dem frühen Nachmittag ohne Unterbrechung geredet, geschrien, gesungen, geschwitzt, gedampft, getrunken, geraucht, kurzum: durchgetobt habe, aber keine Spur von Heiserkeit macht sich bemerkbar, und mein Puls ist ruhig, als wäre ich gerade von einem guten Schlaf erwacht. Das muß es sein, was man ‚psychosomatisch' nennt.

In Salzburg schlägt es zwölfmal von den Türmen.